모든 계절이 나를 만들었다

모든 계절이 나를 만들었다

초 판 1쇄 2023년 12월 19일

지은이 김신일
펴낸이 류종렬

펴낸곳 미다스북스
본부장 임종익
편집장 이다경
책임진행 김가영, 박유진, 윤가희, 이예나, 안채원, 김요섭, 임인영

등록 2001년 3월 21일 제2001-000040호
주소 서울시 마포구 양화로 133 서교타워 711호
전화 02) 322-7802~3
팩스 02) 6007-1845
블로그 http://blog.naver.com/midasbooks
전자주소 midasbooks@hanmail.net
페이스북 https://www.facebook.com/midasbooks425
인스타그램 https://www.instagram/midasbooks

© 김신일, 미다스북스 2023, *Printed in Korea*.

ISBN 979-11-6910-416-6 03810

값 17,000원

미다스북스는 다음세대에게 필요한 지혜와 교양을 생각합니다.

모든 계절이 나를 만들었다

김신일

미다스북스

펴내며

1장 봄, 아픔을 통해
성장하는 계절

벚꽃이 피는 계절　27
평생 기억될 순간　29
살아 있는 오늘　30
성장하는 시간　31
아이 같은 어른　32
피어나는 계절　33
변하지 않는 것　34
질투　35
관심　36
기다려주는 아이　38
사랑이 망설여지는 이유　40
진정성　42
편지　43
후회 없이 사랑했다면　45
좋아하는 것　46
식물　48
플로리스트　50
낙산공원　53

2장 여름, 더 나은 사람이 되기 위해

오늘을 알차게 보내다

61   먼저 준비될 것
63   부정
65   돈을 버는 이유
67   사랑받는 사람
71   사람의 마음
73   나아가는 것
74   자연스러운 관계
75   글과 닮은 당신
76   사연이 있는 삶
77   당연한 것은 없습니다
79   선택
81   자기 확신
82   억제
83   인정하다
85   슬픔에 담긴 것들
95   헛되지 않은 배움
89   나 홀로 해외여행
95   기억되는 사람
96   나보다 나를 생각해주는
98   빈자리
99   꿈이기를 바라며
100   용서
102   위로의 말

3장 가을, 부정적인 감정이 들어도
자연스러운 감정이라 받아들일 수 있는 마음

애매한 바람   105
하늘을 올려다보면   108
거절당하는 것과 버림받은 느낌   110
계절이 떠오르게 하는 것들   114
시간 앞에   115
당신의 시기   116
부모의 마음   118
충분히 아파하세요   120
지혜로운 인간관계   122
쓸쓸함   124

4장 겨울, 가끔 넘어질 때도

다시 일어나 단단해지는 성장의 시간

129 겨울이 되면 생각나는
131 따뜻했던 기억
133 기다리는 사람
135 친구에게
137 감사한 일
143 콤플렉스
147 크리스마스
148 문화생활
150 자기 관리
152 기타
154 첫눈
156 당연한 일상
158 11월 11일
160 동생의 위로

마치며

여러 번의 사계절을 맞이하면서 우리는 저마다 많은 일을 겪으며 살아갑니다.

그중에 겪고 싶지 않은 일을 꼽는다면 감당할 수 없을 정도의 고통스러운 일일 것입니다.

살아가면서 기쁘고 좋은 순간만 있으면 얼마나 좋을까요?

아무렇지 않아 보여도 주변 사람들과 친해져 속내를 얘기해 보면 하나둘 사연이 있다는 것을 알 수 있습니다.

당사자의 입장이 되어보면 감당할 수 있을 정도의 고통은 하나도 없을 것입니다.

저 역시 그런 경험을 했던 평범한 사람일 뿐입니다.

처음에는 믿기지 않았고 인정하고 싶지 않았습니다.

시간이 지나면서 점점 감당하기 힘들었고 더는 살고 싶지 않았던 날도 있었습니다.

그런데도 버틸 수 있었던 건 나를 사랑해 주는 이들의 충분한 기다림과 지지였습니다.

여러분과 마찬가지로 사연만 다를 뿐 이야기를 가진 청년일 뿐입니다.

내 안에 쌓여 있는 것을 토해내기 위해 글을 적어왔고 슬픔을 충분히 느끼기 위해 혼자만의 시간을 가져왔습니다.

저의 사연이 누군가에게는 기억을 끄집어내어 분노를 올라오게 할 수도 있고 그 분노가 눈물로 녹아내릴 수도 있을 것입니다.

어떤 분에게는 별로 공감이 되지 않을 수도 있고 역으로 용기를 얻을 수도 있을 것입니다.

나와 비슷한 경험을 했다는 공감을 할 수도 있을 것입니다.

어떻게 전달이 되든 사연을 가진 청년이 이야기를 글에 옮겨 용기를 내었을 뿐입니다.

부디 이 글을 가볍게도 무겁지도 않게 읽어주셨으면 합니다.

사연은 누군가에게 감추고 싶은 수치심이며 꺼낼 때는 용기가 필요하기 때문입니다.

저의 글 한 자 한 자가 마음에 와닿기를 바라며 이야기를 시작하겠습니다.

두 남녀의 사랑으로 아이는 태어났습니다.

아이는 태어날 때부터 말을 습득하는 속도가 빨라 1살이 되지 않았음에도 자연스레 말할 수 있었습니다.

그때부터 아이는 태어났다는 존재 자체가 부정되었음을 느꼈습니다.

아버지는 알코올 중독자로 집에 들어와 온갖 가구와 물건들을 던지고 부시며 그로 인해 아내와 아이는 불안에 떨고 있었습니다.

아버지는 취기로 인하여 아이의 뺨을 때렸습니다.

그렇게 화목하지 않은 환경에서 커왔습니다.

아이는 자라면서 어머니와 아버지가 싸우는 모습을 많이 보았고 아이를 바라보는 그들의 눈빛은 따뜻하지 않았습니다.

아이가 엄마에게 끊임없이 질문하면 엄마는 그만 좀 물어보라고 짜증을 냈고 아버지는 돈에 허덕여 사는 것에 지쳐 있었습니다.

거의 하루도 빠지지 않고 어머니와 아버지는 다투셨는데 심하면 몸으로 싸우기도 했습니다.

집이라는 공간이 결코 편한 곳은 아니었습니다.

그렇게 둘째가 태어나기 시작했습니다.

둘째가 태어나자 그들은 첫째에서 실수한 부분을 반복하지 않기 위해 잘해보려 했지만, 여전히 몸에 지닌 습관과 언행은 변하지 않았습니다.

둘째도 나와 같은 경험을 하였지만, 기억이 선명히 난다고 합니다.

전쟁처럼 매일 싸우는 집안에서 경제적으로도 어려워 초등학교, 중학교, 고등학교에 다니면서 몇 번의 이사를 했는지 모르겠습니다.

누군가에게는 이사라는 것이 좋을 수도 있겠지만 자주 이사하다 보면 낯선 곳에 적응해야 한다는 불안감에 적응하기가 쉽지 않았습니다.

집이 끔찍하게도 가난했던 기억이 납니다.

한 달의 수입이 거의 없었으니 당시 만 원짜리 한 장을 받는다는 건 집에서 굉장히 큰돈이었습니다.

중학교, 고등학교에 올라가며 교복비, 교재비, 급식비, 입학비 등 많은 돈이 들어가 둘째와 저는 칠판에 미납금과 함께 이름이 붙은 적이 많았습니다.

조금 더 일찍 철이 들었더라면 공부를 열심히 했을 것입니다.

이도 저도 아닌 학생이었던 저는 원치 않는 학교에 다니며 중학교, 고등학교 시절을 보냈습니다.

잘하는 것이 없다는 이유로 무시당한 적도 있고 저를 함부로 대하는 친구들도 있었습니다.

사춘기 시절 열등감과 자격지심이 많았던 저는 축구를 잘하는 친구가 부러웠던 기억이 납니다.

그 친구는 운동과 공부를 모두 잘했습니다.

또 친구들과의 관계도 좋았으며 집도 잘 살았습니다.

저와는 거리가 먼 친구라고 생각해 부러워했던 기억이 납니다.

고등학교를 졸업할 즈음 집에서도 학교에서도 저를 제정신이 아니라고 여겼습니다.

그동안 참아왔던 응어리들이 터져 마음의 병이 생긴 것입니다.

그때부터 정상인이 아닌 비정상인으로서 자신을 숨기며 살아왔습니다.

마음의 병을 바라보는 선입견보다 힘들었던 것은 단정 지어져 살아가는 것이었습니다.

스스로 인정하기 싫었고 왜 이런 상황에 부닥쳐야 하는지 억울하고 분노도 올라왔습니다.

자기 전 매일 몇 알의 약을 먹었습니다.

졸리고 살도 올라오고 부작용이 많았습니다.

가장 속상하고 화가 났던 건 가족인 엄마와 아빠마저 나를 단정 짓고 대하는 것이었습니다.

유일하게 동생만은 나를 있는 그대로 대해주었습니다. 이전이나 지금이나 장난도 치고 편하게 대해주었는데 그때 정말 많은 힘을 얻었습니다.

집에서는 학력이 고졸인 것을 원치 않았습니다.

어떻게든 대학교를 보내려고 했지만 공부할 마음이 없던 무기력한 시절이었습니다.

비싸게 돈을 내고 재수학원에 다녔지만 어떤 학교에도 붙지 못했습니다.

우연히 알게 된 평생교육원을 통한 편입으로 전문대를 졸업할 수 있었습니다.

대학교를 꼭 나와야 하냐는 질문에 그들은 학력이 중요하다고 했습니다.

생활비 대출과 학자금 대출을 받는 것이 너무나 부담스러웠습니다.

학자금 대출을 하나도 갚지 못하고 생활비 대출까지 받아 엄마에게 드렸던 기억이 납니다.

그때 대학로 주변을 걸어 다니며 가게 문을 열고 "아르바이트를 구하세요?"라며 어떻게든 아르바이트를 구하려 했습니다.

아르바이트를 병행하며 대학교에 다녔지만 쉽지 않았습니다.

돈은 항상 부족했고 모자랐습니다.

어느 날은 집에 돈이 없어, 라면 하나 먹기 힘들었습니다.

그때 학교에 가라고 했던 그들이 원망스러웠습니다.

학교에 갔다가 집에 돌아오니 배가 고팠습니다.

'저 앞 가게의 돈가스를 너무 먹고 싶어.'

돈가스 하나 먹기 어려울 때였습니다.

'돈이 하나도 없어, 라면 있잖아, 라면 먹어.'

동생과 집에 있을 때 많은 사람이 들어와 빨간딱지를 다닥다닥 붙이던 날은 다시 생각해도 너무 충격적인 일이었습니다.

그 후 날마다 우리 가족은 싸웠습니다.

집안 사정도 어렵고 더는 싸우는 게 지겨워 원룸으로 두 집을 나눴습니다.

한 집은 나와 동생이 살고 다른 집은 엄마와 아빠가 살았습니다.

그때만큼 편하고 행복했던 적도 없었습니다.

집이 평온하니 마음도 편하고 오히려 좋았습니다.

아르바이트를 병행하며 대학교를 간신히 졸업했습니다.

전문 대학교를 졸업하면 보통 취업을 하거나 편입을 하는데 전공을 살리지 않고 당장 할 수 있는 아르바이트에 이력서를 넣었습니다.

잘하지도 좋아하지도 않던 서비스직을 하며 시간을 보내다가 성향과 맞지 않아서 일하는 마음을 접어버렸습니다.

뭘 해야 할지 뭘 하고 싶은지도 몰랐습니다.

취업할 생각은 없고 의욕도 없는 상태였습니다.

답답하기만 했던 때에 아버지가 글을 써보는 게 어떠냐고 제안했습니다.

그때부터 집 형편이 나아지자 돈을 벌지 않고 글을 쓰기 시작했습니다.

형편이 나아지면서 두 집 살림했던 우리는 한집으로 합쳤습니다.

당시 매일 말도 안 되는 꿈을 꾼 채 글을 썼습니다.

처음에는 자신을 위로하기 위해 글을 쓰다가 글의 내용이나 형태가 조금씩 변하기 시작했습니다.

그해 한 친구와 연애하게 되었는데 저를 자극했던 사람 중의 한 명이었습니다.

작가 지망생인 저와 직장인인 그 친구가 만나 순탄하게 연애하다가 스스로 열등감과 자격지심에 빠졌습니다.

그 친구로서는 제가 사회성이 부족하고 현실감각이 떨어져 보였을 겁니다.

스스로 자격지심에 못 이겨 관계를 마무리했습니다.

친구들이 직장에서 경력을 쌓고 결혼하기 시작할 때 저는 온라인 쇼핑몰을 시작했습니다.

점점 열등감과 자격지심이 더 커졌습니다.

친구들을 만날 때 대화 주제는 결혼 얘기와 직장 얘기, 차 얘기였는데 소주잔만 채우고 대화를 주고받는 것이 되지 않았습니다.

주변에서 글을 쓰는 것도 좋지만 이제는 일하는 게 어떠냐며 나중에는 취업도 할 수 없다고 말했습니다. 현실감각이 부족했던 저는 친구들이 무시한다고 생각했습니다.

　오랫동안 일을 하지 않다 보니 일을 시작할 타이밍도 놓치고 심리상태도 좋지 않았습니다.

　잡생각과 작은 것들에 신경 쓰며 살아왔습니다.

　지금까지 가장 잘한 일을 떠올리면 아버지가 가지고 싶은 것을 말해보라는 말에 강아지를 키우고 싶다 했습니다.

　지금 함께 사는 키미라는 친구입니다.

　내 눈에 가장 예쁘고 눈길이 가는 3개월의 아기를 데려왔습니다.

　산책하러 나가면 작고 귀여워 지나가는 사람마다 인형 같다고 말해주었습니다.

　정말 작고 귀여웠는데 그 시기에 영상이나 사진 하나 남기지 못해 후회가 듭니다. 잘 교육해주지 못해 미안함도 남습니다.

물론 지금도 볼 때마다 너무 귀엽고 사랑스럽습니다. 시간이 될 때마다 나중에 후회하지 않기 위해서 영상과 사진을 남기고 있습니다.

취업에 대한 욕구가 없어 온라인 쇼핑몰을 시작했고 코로나가 터지면서 어려워졌지만, 그로 인해 소상공인 대출을 받게 되었습니다.

수익은 얼마 나지 않았지만 대출받은 것으로 하루하루를 버텨나갔습니다.

서른 살이 되기 일 년 전 많이 지쳐 있었습니다.

주변에서 말했습니다.

'돈도 안 되는 것을 뭐 하려고 해, 이제는 일하고 한 곳에서 자리 잡아야지.' 그런 말을 들을 때마다 자존심이 상하고 스스로 굉장히 하찮게 여겨졌습니다.

사회복지학과를 나와 할 수 있는 일은 사회복지사였지만 일을 구하기엔 경력이 없었습니다.

운영기관을 통해 사회복지사 관련 공고에 지원하며 면접을 봤지만 계속해서 떨어졌습니다.

그러다 직업상담사 관련 업종에 취직하게 되었습니다.

처음에는 오래 근무할 자신이 없었지만 일을 시작하면서 잘 버텨 2년 넘게 근무하고 있습니다.

오랫동안 경력이 단절되었던 생활을 벗어나 자신감을 가지게 되었습니다.

월급은 많지 않았지만 매달 들어올 때마다 대출금을 갚았고 전부 갚는데 2년 반이라는 시간이 걸렸습니다.

일을 시작하기 전에 신기하게도 진단받았던 병은 완치되었습니다.

2년 차가 되면서 목돈도 생기게 되었습니다.

이야기를 간략히 정리하자면 경력 단절인 상황이었고 3천 5백만 원의 대출금이 있었습니다.

질병을 앓고 살아왔고 부모님이 갈라서게 되었습니다. 계절이 바뀌면서 기쁨도 있었지만 슬픔도 있었습니다. 그렇지만 매일 글을 적어왔습니다.

1장

봄, 아픔을 통해 성장하는 계절

벚꽃이 피는 계절

●

한창 선유도공원에 가서 러닝을 할 때가 있었습니다.

봄이 되면 커플들이 벚꽃을 구경하러 나와 서로 사진을 찍어주는 모습을 볼 때면 부러웠습니다.

예전에 공원에서 연인과 사진을 찍어주던 시간이 있었지만 정말 좋아하는 사람을 만나 오랫동안 연애한 적은 없었습니다.

사이가 좋은 커플들을 보면 질투가 나고 괜히 싫었습니다.

누군가에게는 벚꽃이 피는 계절이 기다려지고 설레는 시간이겠지만 저에게는 벚꽃이 피는 계절은 쓸쓸하고 외로운 시간입니다.

카카오톡에 지인들이 벚꽃 사진을 올린 걸 보면 이유 없이 싫었습니다.

정말 좋아하는 사람을 오랫동안 만나 낭만적인 사랑을 꿈꿔왔지만, 현실은 달랐습니다.

고등학교를 졸업하고 대학교에 가도 기대할 만한 일은 생기지 않았습니다.

만남은 짧거나 가벼웠고 기회는 많지 않았습니다.

봄은 저에게 밝은 느낌의 계절이기보다 쓸쓸하고 외로움이 느껴지는 계절입니다.

타인의 아름다운 사랑이 누군가에게는 질투로 남을 수 있습니다.

이것을 깨닫기까지 오랜 시간이 걸렸습니다.

지나고 보니 강아지와 남긴 추억이 너무 적습니다.

아기 때 데려와 자라는 과정을 영상에 남겨둘 걸 후회가 듭니다.

저는 강아지에게 심적으로 도움을 받은 것이 많은 데 정작 해준 것이 없습니다.

산책도 자주 해주지 못하고 좋은 것을 사서 먹이지도 못했고 잘 놀아주지도 못했습니다.

시간이 흘러 커 가는 모습을 보면 가끔 마음이 아련해집니다.

오늘은 스튜디오에 가서 가장 예쁜 모습이 담긴 키미와 나의 사진을 남겼습니다.

언젠가 제 곁을 떠났을 때 평생 기억될 순간을요.

사람 일은 모른다는 말이 알맞은 표현인 거 같습니다.

내일은 무슨 일이 일어날지 1년 후, 10년 후에는 어떤 일이 일어날지 모르니 말입니다.

과거는 이미 지나갔고 미래는 어떤 일이 일어날지 아무도 예측할 수 없습니다.

그렇기에 우리는 현재에 살고 있습니다.

알 수 없는 날 고난이 다가올 때도 있지만 기분 좋은 일도 생기니 감사할 수 있습니다.

문득 생각이 들었습니다.

'나에게 오늘이라는 마지막 하루가 주어진다면 그런데도 나는 오늘을 감사하며 살 수 있을지.'

성장하는 시간

　

누구에게나 잊히지 않고 기억나는 시절이 있습니다.

그때가 그립거나 지금보다 좋았기에 돌아가고 싶은 마음
이 듭니다.

현실이 너무 힘들어서 그때의 자신이 그리워서 돌아가고
싶은 마음이 들기도 합니다.

모든 순간은 지나가지만, 기억에선 잊히지 않습니다.

과거를 그리워하며 한층 성장해나가고 있습니다.

당신도 시간이 흐르며 서서히 성장해나가고 있는 것입니
다.

사람이 외롭다는 말은 홀로여서가 아닌 사랑 받지 못해 마음이 공허해서일 겁니다.

사람들과 있어도 소속감이나 친밀감이 느껴지지 않을 때 스스로 작아집니다.

공허함을 사람으로 채운다는 것은 어리석은 생각입니다.

공허함은 무언가로 채우는 것이 아닌 자연스러운 감정이기 때문입니다. 결핍을 채우려고 사랑하는 것만큼 위험한 일도 없을 것입니다.

'그동안 외로웠구나! 사랑받고 싶었구나.'

누군가가 나에게 얘기해주면 얼마나 좋을까요.

이 말 한마디가 그토록 듣고 싶었는지 모릅니다.

피어나는 계절

어떤 상황이든 포기만 하지 않는다면 길은 있습니다.

지난날 잃어버린 길에서 방향을 잡고 오늘까지 살아온 것
도 기적일 수 있겠다는 생각을 했습니다.

당연한 일이 아닌 감사한 일입니다.

지금 하는 일을 진정으로 사랑한다면 포기하지 않았으면
좋겠습니다.

작은 것이라도 꾸준히 해나가며 오랫동안 견디다 보면 길
이 보일 것입니다.

당신이 어느 계절에 필지 아무도 모르니.

하루가 다르게 모든 것이 빠르게 변해가고 있습니다.

사람들의 생각도 빠르게 변하는 시대에 살고 있습니다.

변하지 않는 것이 있다면 그것은 사랑일 것입니다.

만남과 이별을 반복하는 연애가 아닌 부모의 조건 없는 사랑 같은 것 말입니다.

사랑하기 힘든 시대에 살고 있지만 유일하게 변하지 않는 것이 있다면 사람이 아닌 사랑일 것입니다.

예나 지금이나 사람들이 원하는 것도 사람을 통한 사랑입니다.

질투

나랑 친하지 않은 친구가 가진 것이 탐나고 부러웠습니다.

내가 가지지 못한 것을 가지고 있다는 게 부러웠습니다.

지난날 철부지였던 시절이 생각나며 미래가 불안해졌습니다.

열등감은 사람 간에 거리를 만들고 이유 없이 상대를 미워하게 만듭니다.

시기와 질투로 자신도 작아지게 만듭니다.

밤의 고요한 시간 속에서 강렬한 마음이 올라왔습니다.

내가 가지지 않은 것을 가진 상대를 보지 말고 내가 가진 것을 보며 살아야 한다고.

내가 이 세상에 태어난 이유는 비교하기 위함이 아니라고.

관심

내가 인지하지 못했던 걸 친한 사람이 얘기해주었습니다.

'너는 내 이야기가 궁금하지 않아?'

'너는 왜 나한테 관심이 없어?'

'내가 얘기할 때 왜 집중하지 않아?'

경청은 단순히 상대의 이야기를 듣는 것을 의미하지 않습니다.

이야기에 집중하고 빠져들어 자연스럽게 공감하거나 반대의 의견을 내는 것을 의미합니다.

이 사람은 어떤 사람인지 궁금한 마음에서 나오는 진정성과 같습니다.

말하는 것보다 경청이 어려운 이유는 그만큼 에너지가 소모되기 때문이지만 상대와 끈끈한 관계를 만들어줍니다.

　　억지스러운 경청은 상대에게 느껴질 것이고 자신에게 관심이 없다고 생각할 수 있습니다.

　　말하는 것보다 듣는 것이 어려운 이유는 그 순간에 그 사람에게 집중해야 하기 때문입니다.

마음 한구석 비어 있는 느낌을 채우려 애써왔습니다.

어울리지 않는 디자인의 옷을 입고 분수에 맞지 않는 소비를 하며 비싼 음식과 명품을 구매했습니다.

시끄럽고 정신없는 곳에 가서 전혀 모르는 사람과 만남을 이어가고 기분을 내려고 했습니다.

말하지 않았지만, 당신도 쓸쓸하셨나요?

꾸역꾸역 버티고 방황하며 살아오셨나요?

어른이 되어서도 저는 마음 하나 지키지 못하고 살아왔습니다.

어떤 사람은 당장 하루가 간절해 이런 생각조차 사치일 것입니다.

사랑을 많이 받고 자란 그 사람이 부러웠습니다.

사람들과 얘기해 보면 사람 사는 모습 별반 다르지 않아 보이지만 저마다 힘든 일과 마음의 모양은 다를 것입니다.

　집에 있다가 사람이 많은 곳으로 나온 날 화려한 조명과 시끄러운 음악이 나오는 밤거리가 어느새 불편해졌습니다.

　그 광경이 마음을 대변하는 것 같았습니다.

　늦은 새벽 집에 돌아온 저를 격하게 반겨주는 친구가 있습니다.

　누워 잠에 청하려 하니 옆에 붙어 저를 빤히 바라보며 위로해 줍니다.

사랑이 망설여지는 이유

●

사랑하는 사람에게 마음을 표현하는 것은 어렵지 않습니다.

오히려 그 마음을 끝까지 지켜내는 것이 어렵습니다.

내가 사랑해서 표현한 마음이 상대가 받아들이기에 부담이 되거나 거부감이 들 수도 있습니다.

나의 표현이 의도와는 다르게 상대방이 원하지 않아 이기적으로 받아들여질 수도 있습니다.

사랑에는 책임이 따르기에 누군가와 사랑하는 일은 많은 사람이 원하는 것이지만 쉬운 일은 아닐 것입니다.

그런데도 사랑하려고 선택해 시작했다면 끝까지 책임져야 합니다.

살아가면서 쉬운 것은 어디에도 없고 수고 없이 얻을 수 있는 것은 없습니다.

　사람의 마음도 내 생각대로 되지 않고 내 마음도 내 의지
대로 되지 않습니다.

　누군가 사랑을 망설이고 있다면 거절 받거나 버림받는 것
에 관한 상처를 받기 싫어서일 수도 있습니다. 책임이 따르
기에 자신이 없어서 망설이는 사람도 있을 것입니다.

진정성

자신이 행동하고 말하는 모습을 영상으로 찍어보면 어떻게 말하고 행동할 때 더 자연스럽고 여유로워 보이는지 알 수 있습니다.

예술도 마찬가지가 아닐까요.

읽는 사람들에게 자연스럽게 전달하기 위해 절제가 필요함을 알게 됩니다.

생각하고 있는 것을 다 꺼내어 표현하고 싶은 마음이 들어도 한 박자 늦추는 여운이 필요합니다.

물론 중요한 것은 진정성이 담긴 메시지일 것입니다.

진정성이 없다면 읽는 이의 마음을 움직이기는 어려울 것입니다.

편지

어릴 때부터 손 편지 쓰는 걸 좋아했습니다.

엄마 생일 때와 여자친구와의 기념일이 되면 편지를 전달하곤 했습니다.

편지에 마음을 담았지만, 가끔 상대에게 별로 감동적으로 다가가지 않은 적도 있습니다.

내가 의도한 대로 반응해 주고 감동해 주길 바랐지만, 상대가 그렇지 않아 실망한 적도 있습니다.

그것 또한 상대의 자유이니 바꾸려는 것은 나의 이기심일 것입니다.

그보다 중요한 것은 함께할 때 평소의 말과 행동이 아니었을까요.

누군가에게 마음을 닫고 헤어지는 날까지 많이 힘들지는

않았습니다.

많이 사랑하지 않았거나 나름대로 최선을 다했기에 후회
가 남지 않았습니다.

사랑은 보이는 것만이 아닌 작고 섬세한 것도 사랑이라 생
각합니다.

그런데 이러한 생각은 사람마다 다른 거 같습니다.

헤어지는 날 그 사람에게 말했습니다.

'미안해요. 이제 편지를 다른 사람에게 전달해야 할 거 같
아요. 나와 비슷한 생각을 하는 이에게.'

상처받는 것을 두려워해 아무것도 하지 않는 것보다 스스로 후회 없이 사랑했다면 된 것입니다.

바보처럼 사랑하다 좋은 사람을 만나면 감사한 것이고 표현한 마음이 사랑으로 돌아오지 않더라도 상대에게 전달됐으면 된 것입니다.

내 생각처럼 되지 않아 마음이 울적하기도 하고 힘들기도 하겠지만 반대로 내가 누군가에게 사랑을 표현한다고 해서 받아줄 의무는 없는 것입니다.

사랑을 주고받는 것은 자유입니다.

사람들이 저마다 다르기에 속도와 마음의 크기를 조절해 표현하고 다가가는 것은 개인의 몫일 것입니다.

사랑이 쉽다고 이야기하는 사람이 있다면 진짜 제대로 된 사랑을 해보지 못한 사람일 것입니다.

좋아하는 것

한때는 꽃을 참 좋아했습니다.

보고 있으면 머리가 맑아지고 꽃에서 나는 향이 기분을 좋게 만들었습니다.

어떤 날은 새벽에 일어나 돈이 아까운 줄 모르고 택시를 잡아 고속터미널역으로 갔습니다.

지금 가면 찾는 꽃이 있을 거라는 기대감에 부풀려 택시에서 내리자마자 뛰어 실망감을 안은 채 돌아온 적이 있습니다.

집에 돌아와 한숨도 못 자고 남들이 출근할 시간에 다시 꽃시장으로 가 원하는 꽃을 잔뜩 사 왔습니다.

신문지에 돌돌 말린 꽃들을 붐비는 전철 안에서 번쩍 들고 집으로 돌아왔습니다.

오래전 일이지만 그때를 생각하니 단순히 꽃을 좋아했던 것이 아니라 내가 찾는 꽃이 있을까 하는 설렜던 그 감정이 좋았습니다.

잠을 못 자도 괜찮았고 붐비는 출퇴근 시간에도 사람이 많던 주말에도 꽃을 찾으러 가는 시간이 마냥 좋았습니다.

그 꽃을 찾기를 정말로 원했던 것입니다.

온라인 쇼핑몰을 운영하기 위해 꽃을 제작하는 과정을 수강한 적이 있습니다.

지금도 지식은 부족하지만, 꽃과 식물에 조금 익숙해졌습니다.

비염이 있어 집안 공기정화를 위해 식물을 구매했습니다.

어떤 식물을 살지 고민하다 마음에 드는 식물을 구매했지만 결국 시들어 버렸습니다.

구매했던 곳에 가 물어보니 식물도 관심을 기울여줘야 하고 계절이 변함에 따라 잘 관리해주어야 한다고 했습니다.

우리의 마음도 마찬가지일 것입니다.

매 순간 관심을 두고 잘 관리해줘야 합니다.

식물이 시든 것이 속상해 잘 시들지 않는 식물을 찾다가

금전수를 구매했습니다.

2주마다 물을 한 번씩 주고 햇빛도 쐬어주며 관리했습니다.

처음에 금전수를 샀을 때 잎의 색을 보고만 있어도 기분이 좋아졌습니다.

잘 시들지 않는 식물이지만 관리를 안 해주면 시들기도 합니다.

그래서 주기를 정해 물을 주며 잘 관리하고 있습니다. 다행히도 여전히 잘 자라고 있습니다.

별거 아닌 거 같아도 꽃과 식물은 우리에게 기분이나 감정에 긍정적인 영향을 줍니다.

집의 공기정화를 원하신다면 식물을 키워보셨으면 좋겠습니다. 볼 때마다 기분이 한결 나아질 것입니다.

계절이 변하면서 여전히 잘 자라고 있는 식물을 보며 뿌듯해질 것입니다.

사랑처럼 관심과 노력이 필요하지만 얻게 되는 것이 있을 것입니다.

플로리스트

국비 지원으로 무엇을 하고 싶고 배울지 고민하다 온라인 쇼핑몰을 운영하기 위해 꽃 과정을 6개월 정도 배운 적이 있습니다.

직장을 그만두고 오거나 꽃집을 차릴 목표를 가지고 왔거나 플로리스트의 꿈을 이루려고 오는 사람들이 대부분이었습니다.

방배동에 있는 학원으로 아침 9시에서 저녁 6시까지 왔다 갔다 하며 배웠습니다.

생화를 통해 꽃다발이나 꽃바구니, 결혼 부케를 만드는 것과 조화를 통한 장식품을 만드는 방법을 배웠습니다.

과정을 수강하며 기초부터 차근차근 배웠고 플로리스트가 되기 위해 자격증을 취득할까도 생각했으나 쉽지 않다고 생각해 포기했습니다.

수강생의 대부분은 여자들이었고 남자는 거의 없었습니다.

여자들 사이에서 꽃을 만지다 보니 저를 섬세하고 신기하게 보는 분들이 많았습니다.

꽃을 제작하거나 배우는 과정에서 여자들이 좀 더 섬세하고 예쁘게 만드는 경향이 있었습니다.

과정을 수료하고 온라인 쇼핑몰을 운영하였고 플로리스트와 관련된 아르바이트를 구했습니다.

꽃집에서 일해 보니 공간은 매우 좁았고 생각했던 플로리스트는 로망일 뿐 현실은 노동이었습니다.

예식장에서 제작된 꽃을 배치하는 일도 해보았는데 정말 힘들었던 기억이 납니다.

제가 생각했던 플로리스트는 환상이었고 실제로는 정반대였습니다.

직업은 이처럼 실제로 경험해보지 않고서는 알 수 없습니다. 내가 취미로 하던 일도 막상 직업이 되면 다를 것입니다.

아르바이트라 돈도 얼마 되지 않았고 그 후 플로리스트의 꿈을 접었습니다.

온라인 쇼핑몰도 운영하다가 잘 안 되어 폐업했습니다.

주문이 들어올 때마다 상품을 제작하고 상자에 포장해 우체국으로 가는 작업을 반복했습니다. 실제로 재료비와 쓰는 시간에 비해 수입은 너무 적었습니다.

봄이 오고 계절이 바뀌며 꽃과 식물을 볼 때면 아름다워 사진을 찍게 됩니다.

예전에는 꽃과 식물을 선물용으로 생각하고 감동을 주는 존재로만 여겼다면 지금은 바라보고 기분이 좋아지는 것만으로도 감사할 수 있게 되었습니다.

꽃과 식물, 자연을 통해 받는 이로움이 당연한 것이 아니란 것을 알았습니다.

보는 것만으로도 아름다움이 느껴집니다.

낙산공원

대학로에서 아르바이트할 때 알게 된 동갑내기 이성이 있었습니다.

첫인상부터 친해지기까지 그 친구의 매력에 빠져 친구로 지내기는 했으나 호감을 느끼고 있었습니다.

둘이 밥을 먹고 맥주도 마시고 공원을 산책한 적도 있었지만, 그 친구는 저를 이성이 아닌 친구로 생각했습니다.

이런 애매한 관계가 싫었고 남녀 사이에는 친구가 없다는 혼자만의 생각을 했었습니다.

평일 저녁 그 친구와 대학로에서 밥을 먹고 시간을 보내다 낙산공원으로 올라갔습니다.

공원에 올라갈 땐 몰랐지만 꼭대기에 있는 벤치에 앉아 얘기할 때 분위기는 묘했습니다.

그날따라 모기는 왜 이렇게 많던지 벤치에 앉아 서로 모기를 물렸던 기억이 납니다.

'나 사실 할 말이 있는데 너 좋아해.'

훅 들어온 고백에 당황한 듯 진지하게 대답합니다.

'미안해, 신일아 나 남자친구가 있어.'

지금까지 그 친구에게 남자친구가 있었던 것도 몰랐던 자신을 자책했습니다.

'남자친구랑 헤어지게 되면 만나자, 기다릴게.'

너무 좋아했던 건지 미련했던 건지 말도 안 되는 소리를 해버렸습니다.

'이제 슬슬 내려가자.' 그 친구가 말했습니다.

친구에서 다시 애매한 관계가 됐지만, 여전히 친구로 지낼수 있었습니다.

서로 시간이 필요했는지 한동안 보지 못했습니다.

좋아하는 마음을 접자는 생각으로 그 친구에게 소개를 받았던 기억이 납니다.

소개받은 친구에게 예의는 아니었지만 의식하지 못하고 그 친구 얘기를 했습니다.

'그 친구 남자들한테 인기 많지?'

소개받은 친구는 대답했습니다.

'맞아, 학교 축제 때도 그렇고 길을 걸어 다녀도 걔한테만 남자들이 번호를 물어봐.'

이전에 같이 스티커 사진도 찍고 여자친구랑 할 만한 것을 했다고 생각했는데 친구 사이에도 할 수 있는 혼자만의 착각이었습니다.

일 년 정도 지났을 때 수유역을 걷는 도중 그 친구가 떠올라 연락했습니다.

'뭐해?'

그 친구에게서 답장이 왔습니다.

'나 지금 수유역 근처 화장품 가게에서 일하는 중이야.'

지나가던 길 근처에 그 친구가 일하고 있는 곳이 있어 들어가 인사를 하니 반갑게 맞아주었습니다.

그렇게 오랜만에 약속을 잡고 맥주를 마시게 되었습니다.

우리는 둘 다 반가웠는지 예전보다 편하게 웃고 얘기할 수 있었습니다.

남자친구가 없다고 하는 그녀는 어딘가 외로워 보였습니다.

'신일아, 나 사실 그동안 너무 힘들었어.'

그 친구가 살아온 환경에 관하여 처음으로 알게 되었습니다.

그 친구는 취했는지 길을 걷는 내내 힘들어 보였습니다.

근처 햄버거 가게가 있어 음료수를 시키고 잠깐 쉬었습니다.

가게 안에서 남들은 신경 쓰지도 않고 온갖 장난을 치며 다시 저를 오해하게 했습니다.

'네가 자꾸 그러니까 사람이 오해하게 되잖아.'

집에 데려다줘야겠다고 생각해 술이 덜 깨 비틀거리는 친구의 손을 꽉 잡고 바래다줬습니다.

지금 와서 생각해보면 친구는 아주 힘들었을 것입니다.

마음을 열고 용기 내어 본인의 얘기를 한 것인데 공감도 위로도 받지 못했으니까요.

　미안한 감정과 후회가 들었습니다.

　왜냐하면, 비슷한 상황에 부닥쳐보니 어떤 심정이었는지
조금은 이해가 갔기 때문입니다.

　하루하루가 힘든데 돈은 벌어야 하고 누군가에게 의지하
고 싶은 마음이었을 겁니다.

　그때가 저와 그 친구의 마지막이었습니다.

　다음 날 연락을 해 나중에는 취해서 실수하지 말라고 괜한
오지랖을 부렸습니다.

　그렇게 연락을 끊었고 그 친구에게서 마음을 접는 시간이
었습니다.

　가끔은 그 친구가 생각나기도 하고 함께 갔던 낙산공원이
생각나 시간이 흘렀다는 게 믿기지 않습니다.

2장

여름, 더 나은 사람이 되기 위해 오늘을 알차게 보내다

먼저 준비될 것

●

　나이가 한 살 두 살 먹을수록 드는 생각이 있습니다.

　오래 보아야 예뻐 보이는 사람도 있지만, 첫인상이 강렬하게 남는 사람도 있습니다.

　외모, 직업, 능력, 성격도 중요하지만 함께하다 보면 그런 것은 크게 중요하지 않다는 것을 알게 됩니다.

　사람의 성품이 중요함을 알게 됩니다.

　마음이 예쁘고 말을 예쁘게 하는 사람과 함께라면 행복하지 않을까 하는 생각이 듭니다.

　누구에게나 다정한 사람이 아닌 나에게만 다정한 사람, 나 또한 누구에게나 다정한 것이 아닌 사랑하는 사람에게만 다정할 것.

　사람들은 자기 잘난 맛에 사는 사람보다 남을 배려하고 사랑으로 품을 줄 아는 사람에게 마음을 더 엽니다.

그러기에 마음이 예쁘고 말을 예쁘게 하는 사람을 만나고 싶다면 내가 먼저 그런 사람이 되어야 합니다. 좋은 사람을 만나기 위해서는 내가 먼저 좋은 사람이 되어야 합니다. 사람은 어느 정도 비슷한 사람끼리 만나기 때문입니다.

존재를 부정당한 사람은 다양한 모습으로 사랑받기를 원합니다.

주로 외부에서 나를 찾으려고 합니다.

이를테면 남들보다 인정받기를 원하거나 사랑을 받고자 몸부림치는 것입니다.

나를 진심으로 아껴주던 분이 해준 말이 떠오릅니다.

'신일 씨, 이제는 사랑을 주기만 하지 말고 받는 사랑을 해보세요.'

진짜 사랑이 뭔지 느껴보라고 말해주셨습니다.

그래야 부정당해 왔던 마음의 공간을 조금씩 채울 수 있을 거라며 말해주셨습니다.

반대되는 사람에게 끌리는 것은 어쩔 수 없으나 나쁜 사람

에게 끌려 계속해서 상처를 받으니 그와 반대의 사람을 찾아
보라 하셨습니다.

그러나 마음이 생각처럼 되지 않았습니다.

나부터 나를 소중히 여겨주지 않고 함부로 대하니 사랑에
서도 나를 함부로 대하는 것에 익숙해진 것입니다.

돈을 버는 이유

누군가는 돈을 벌고 싶어서 일하는 것이 아닐 겁니다.

내가 돈을 안 벌면 가족들과 함께 무너질까 봐 책임감을 느끼고 살아가는 것일 겁니다.

액수도 많지 않고 어렵게 일을 해 번 돈이지만 부당한 일이 있어도 참는 것일 겁니다.

당장 살아야 하기에 간절하게 버티고 일을 할 수 있다는 것마저도 감사하며 사는 것일 겁니다.

일을 그만두고 싶지 않은 사람이 어디에 있을까요. 모두가 힘들 것입니다.

다만 그만두면 앞이 뻔히 보이고 결말이 그려져 현재는 일하는 것일 겁니다.

지금 그만두면 나뿐만이 아니고 가족들도 힘들어지기에

힘든 상황에도 참고 마음을 달래며 하루를 버티는 것일 겁니다.

모든 계절이 나를 만들었다

사랑받는 사람

매력적인 남녀들이 나와 서로 어필하며 매칭이 되는 프로
를 보다 생각했습니다.

사랑을 쟁취하기 위해 경쟁하는 프로였는데 한 남자가 눈
물이 나고 짠할 정도로 여자에게 집중하는 모습을 보였습니
다.

그동안 남자에게 먼저 다가간 적이 없고 자기가 원하는 사
람만 만나왔다는 여자는 그 남자의 끈기 있는 진심에 처음으
로 자기를 좋아해 주는 남자를 만나게 됐다는 결말이 나왔습
니다.

자기가 원하는 사람을 만나고 싶고 끌리게 되는 것은 자연
스러운 것입니다.

여자 처지에서는 남자와는 다르게 사랑을 많이 받아왔겠

다는 생각이 들었습니다.

　반대로 남자는 사랑을 쟁취하긴 했지만, 초반부터 너무 상처를 많이 받아 안쓰러웠습니다.

　어릴 적 누군가에게 마음을 쏟아부었던 적이 있었습니다.

　상대는 부담스럽거나 불편했을 수도 있고 연애를 하고 싶지 않은 상황이었을 수도 있습니다. 잘 맞지 않는 사람임에도 상처 따위 신경 쓰지 않고 직진했습니다. 저만 생각했던 이기적인 마음이었습니다.

　돌아보면 상대를 배려하는 마음은 안중에도 없었습니다.

　상대가 나를 조금씩 신경 쓰기 시작했지만, 결론은 잘되지 않았습니다.

　당연한 결말인 것이 '연애 프로'에 나오는 남자는 계속해서 상처받았음에도 상대를 배려하는 사랑을 하며 조금씩 진심을 전했습니다.

　그와 달리 저는 상대를 배려한다고 했지만, 상대에게 배려라는 느낌이 들지 않았을 것입니다.

　그 친구와 연애를 시작하는 것에 눈이 멀어 진심을 전달하지 못했습니다.

30대가 되면서 있는 그대로의 나를 지지해 주는 심리상담사를 만나 얘기도 하고 조언도 구했습니다.

예전이었다면 사랑만 주다 상처를 받았을 테지만 이제는 주는 것보다 사랑을 받는 것도 중요하다는 것을 깨달았습니다.

사랑은 주고받는 것이지 주는 것만도 받는 것만도 아님을 알았습니다.

사랑을 받아본 사람이야말로 제대로 된 사랑을 할 수 있을 것입니다.

더는 모험 같은 사랑은 원하지 않아 사람을 볼 때 어떤 사람인지 신중히 탐색하게 됩니다.

끌리는 사람도 나타나고 호감이 생길 때도 있지만 나와 잘 맞지 않는 사람이나 결이 다른 사람을 상처받아 가며 만나려고 하지 않습니다.

마음을 표현하는 것은 자유이지만 서로 마음이 통해서 사랑하기는 어려우니 누군가에게 끌리거나 호감이 있다는 것만으로 사랑받으려 구걸하지 않았으면 좋겠습니다.

상대방도 나에게 마음이 있다면 잘 되겠지만 상대방이 나를 함부로 대하는데도 사랑을 받으려고 애쓰지 않았으면 합니다.

사랑을 주는 것과 동시에 사랑받는 당신이 되었으면 좋겠습니다.

사람의 마음

편하고 마음이 잘 맞아서 말이 자연스럽게 나오는 경우가 있고 상대에게 호감이 있어 말이 나오는 경우가 있습니다.

마음은 있지만, 상대가 조심스러워 말이 잘 안 나오는 경우가 있고 불편해서 말을 안 하게 되는 예도 있습니다.

편하게 말하거나 조심스럽게 말을 해서 오해를 사는 일도 있습니다.

사람의 마음을 알기란 정말 어렵습니다.

나도 내 마음을 잘 알지 못하는데 상대의 마음을 알기란 얼마나 어려울까요.

안다고 해도 그 순간의 마음을 아는 것일 뿐 흘러가고 변해가는 마음마저 아는 것은 불가능한 일일 것입니다.

만약 누군가의 마음을 읽을 수 있다면 마음이 통하는 사람

과 사랑을 수월하게 할 수 있겠습니다. 모두가 바라는 마음
일 것입니다.

　그러나 그렇게 되면 모두에게 사랑이 쉽게 여겨질 것입니
다.

나아가는 것

어딘가에서 슬퍼 아파하고 있을 사람에게 전하고 싶습니다. 아직 모든 게 끝나지 않았습니다.

무너질 것만 같은 마음이겠지만 당신이 걸어온 발자국을 눈으로 볼 수 있다면 얼마나 많은 흔적을 남겼을지 놀랄 것입니다.

우리가 길을 걸어가는 이유도 목표를 찍기 위한 것만이 아닌 발자국을 남기는 것에 의미가 있다고 생각합니다.

그러니 너무 슬퍼하지도 지치지도 않기를 바랍니다.

때로는 걷다가 쉬기도 하고 뛰고 싶으면 뛰기도 하고 속도가 어떻든 멈추지만 않고 걸어갔으면 좋겠습니다.

결국, 앞으로 나아가는 것에 의미가 있으니 말입니다.

자연스러운 관계

어떤 힘든 일이 있다 해도 위로를 구걸하지 않았으면 합니다.

큰일이라고 여겨지는 일도 별일 아니라고 계속해서 마음먹다 보면 어느새 별일 아닌 일로 여겨질 것입니다.

사랑을 줄 수 없는 사람에게 위로와 공감을 바라지 않았으면 합니다.

오랫동안 기대하는 만큼 상처를 받을 것이니 말입니다.

시간이 필요하겠지만 안 되는 것은 안 되는 대로 서서히 내려놓았으면 좋겠습니다.

누군가 당신을 진정으로 사랑했다면 이미 사랑받고 있다는 느낌을 충분히 받았을 겁니다.

당신이 사랑을 요구하지 않고도 자연스럽게 사랑받았을 겁니다.

글과 닮은 당신

바다에 비친 윤슬을 마음에 담아 표현하는 것처럼 글은 쓸 때마다 어렵게 느껴집니다.

어떤 때는 사실과 달리 이야기를 만들어 쓰기도 하고 실제로 있었던 일을 바탕으로 쓰기도 합니다.

소재 거리가 많아도 쓸 때마다 어렵게 느껴집니다.

배운다고 해서 되는 것도 아니고 오래 쓰다 보면 조금 달라지지만, 정답이라는 것은 없으니 어렵기만 합니다.

생각해보면 내가 마음에 품은 당신과도 많이 닮았습니다.

계속 보고 조금씩 알게 돼도 어렵게만 느껴지는 것은 글을 쓰는 것과 닮았습니다.

사연이 있는 삶

서로 다른 별들과 같이 사람들은 저마다 다른 사연을 가지고 있습니다.

누군가 먼저 본인의 이야기를 꺼냈을 때 나도 용기를 내 마음을 열 수 있습니다.

비슷한 처지에 놓인 사람들의 이야기에 공감이 되어 아픔의 무게가 한층 덜어지고 세상에는 이런저런 사연을 가진 사람들이 있다는 것을 알게 됩니다.

아무렇지 않은 척하고 괜찮은 척하며 살아가는 것일 뿐 당신도 살아온 세월 속에서 수많은 눈물을 숨기며 살아온 것은 아닌지 생각해 봅니다.

지금도 어딘가에서 눈물을 감추며 애써 살아가는 것은 아닌지, 살아가는 것은 왜 이토록 버거운 것인지 생각해 봅니다.

당연한 것은 없습니다

어디에도 당연하다는 것은 존재하지 않습니다.

당연히 나는 이런 성격이니까 네가 이해해 줘야 해.

어머니가 해주는 반찬, 직장 동료가 사주는 커피, 지인의 안부 인사, 동생의 따뜻한 말 한마디, 친구의 진심 어린 사과, 연인 사이에 나누는 언어.

세상 어디에도 당연한 것은 없습니다.

당연한 것이 있다면 굳이 인간관계를 노력하며 살 필요가 있을까요

굳이 노력하며 사랑할 필요가 없을 것입니다.

그러므로 나는 '~하니까 네가 이해해 줘야 한다.'는 말은 스스로 바꿀 수 없고 바꾸려고 노력할 생각이 없으니 자신을 그대로 이해해 주고 품어달라는 말로 해석됩니다.

그러면 반대로 당신은 상대를 존중하고 이해해 주고 있는지 돌아봤으면 좋겠습니다.

상대에 대한 배려와 예의 존중 없이 당연한 것을 바라는 것은 일방적인 요구를 하는 것과 같습니다.

선택

애태우는 마음을 가지고 애써 사랑할 필요는 없습니다.

올 듯 말 듯 한 그런 불안한 사랑을 하며 마음 아파하지 않았으면 합니다.

설렘과 사랑을 헷갈리지 않았으면 합니다.

편안함과 익숙함을 구분했으면 합니다.

애써가며 사랑하는 것도 당신의 선택이고 애태움을 느끼는 것도 당신의 마음입니다.

누군가를 사랑하는 것도 당신의 자유이고 어떤 사람을 사랑하고 싶은지도 그 사람의 마음입니다.

어린애와 같이 본인을 사랑하지 않는다고 해서 사랑을 요구하지 마세요.

오면 오고 가면 가는 그런 마음으로 내려놓는 편한 사랑을 하셨으면 합니다.

애쓰고 애태우면서 사랑하고 결국 상처로 돌아와 자신과 상대를 미워하지 않았으면 합니다.

그러한 일을 예측할 수 있는 사람은 아무도 없을 것입니다.

사랑하고 상처를 받는 것 또한 선택입니다.

당신이 힘들어 보이니 상처 난 곳을 손으로 만지지 않았으면 합니다.

그런 아픈 선택은 그만하고 사랑받으며 살아가세요.

이제는 이루어지지 않을 사람에게 사랑을 구걸하며 살지 마세요.

누구든 당신을 함부로 대하지 못하게 소중히 여겨주세요.

자기 확신

가끔 사람을 알아가는 찰나 뒤늦게 깨닫습니다.

'내가 느끼는 게 맞았구나.'

객관적인 사실도 중요하지만, 자신이 느끼는 감정을 믿어 줄 때도 필요합니다.

보이지 않는 마음은 확인하지 않으면 알 수 없지만, 사람은 말하지 않아도 느낄 수 있는 것이 있습니다.

상대방이 나를 좋아하는지 싫어하는지 나와 친해지고 싶은지 멀어지고 싶은지.

나와 잘 맞는 사람인지 너무 다른 사람인지 편한지 불편한지.

누군가 함께하는 것이 편하다는 것을 꼭 말로 해야 알 수 있는 것은 아니고 자연스럽게 편하다고 느끼는 것이죠.

억제

아침에 일어나 멀리서 기다리는 그 사람의 뒷모습을 보는
데 눈물이 왈칵 쏟아질 것만 같았습니다.

한 번도 보지 못했던 뒷모습은 이제야 보이기 시작하며 안
쓰러웠습니다.

그 사람도 누군가의 딸이자 귀한 사람인데 그녀의 뒷모습
이 처량해 마음이 아려왔습니다.

누군가 채워줘야 했던 사랑과 자리를 대신할 수 없어 애써
눈물을 감췄습니다.

그녀를 보는 나도 이렇게 아픈데 본인은 얼마나 힘들까요.

경험이 없어 헤아릴 수도 알 수도 없지만 내가 그녀를 많
이 사랑하는 것만은 분명합니다.

긴장 속에서 살던 저는 그동안 사랑받기 위해 몸부림쳐왔습니다.

일하고 운동을 하고 옷을 사서 꾸미고 자기 관리를 했던 모든 것들이 누군가에게 사랑받기 위한 행위였습니다.

그렇게 여기저기 떠돌며 방황하고 방향을 잃은 듯 살아왔습니다.

예전에는 이런 자신이 싫어 마음을 누르고 숨기려 했다면 지금은 이 또한 내 모습이니 인정하며 살아가려 합니다.

고통스럽거나 힘든 날도 있지만 그러려니 하며 하루를 이겨내려 합니다.

이것은 포기하는 것도 아니고 있는 그대로 인정하는 것입니다.

이 모습 또한 인정하고 이미 일어난 상황을 피하지 않는 것입니다.

우리가 바꿀 수 없는 것을 어떻게 바꿀 수 있겠습니까?

바꿀 수 있는 부분은 노력해서 바꿀 수 있지만 바꿀 수 없는 것은 인정해야 합니다.

이미 일어난 일을 과거로 돌아가 바꿀 수 없으니 인정하며 사는 것입니다.

지금 내가 할 수 있는 최선은 현재를 살아가는 것입니다.

슬픔에 담긴 것들

사계절에 담긴 슬픔을 담담하게 풀어봅니다.

꽃잎이 떨어지고 고요히 흐르는 물과 바람은 저를 위로해줍니다.

퇴근길 버스 안에서 바라본 바깥 풍경은 도화지에 그림이 그려진 것만 같습니다.

멀리서 보이는 바다와 석양은 눈망울에 아름다움을 더해줍니다.

아메리카노 한 잔과 간식거리는 기분을 좋게 해줍니다.

잠들기 전 다른 이를 위한 잠깐의 기도는 마음을 편하게 해줍니다.

슬픔에 담긴 것을 천천히 꺼내 보니 아름다운 것들이 조금씩 나옵니다.

작지만 감사한 것들이 보입니다.

헛되지 않은 배움

여름이 오면 수영장과 바다가 생각납니다.

바다를 갈 일은 많지 않지만, 시간이 될 때면 근처 수영장에 갔습니다.

어릴 때부터 아버지는 스쿼시와 수영을 배우라고 하셨습니다.

초등학교 때부터 수영을 배워 그 후 독학으로 취미를 붙였습니다.

정식으로 수영을 배운 것이 아니기에 자세는 좋지 않았지만, 어디에 가든 웬만큼 수영할 수 있었습니다. 원래 물을 무서워하고 좋아하지 않았는데 더울 때면 수영장에 가서 수영하고 싶은 욕구가 들곤 합니다.

해외여행에 갔을 때도 수영장 풀이 있어 자유롭게 수영을 하며 스트레스를 풀었던 기억이 납니다.

수영을 배우고 연습해둔 것이 헛되지 않고 쓸 일이 있었습니다.

공기를 맡는 것은 좋아하나 산에 오르는 것에 취미가 없어 체력을 키우기 위해 클라이밍을 배웠습니다.

고소공포증이 있고 사람들도 많아서 낯설었지만, 처음부터 차근차근하다 보니 흥미를 붙이게 되었습니다.

처음에는 힘으로 하는 것인 줄 알았는데 머리도 써야 하고 손과 발을 잘 써야 한다는 것을 알았습니다.

클라이밍을 하며 같이 할 사람이 있었다면 꾸준히 했었겠지만 혼자 하다 보니 질리게 되어 그만뒀습니다. 처음에는 체력에 도움이 많이 되었으나 비용적으로 부담되었습니다. 클라이밍 하는 것이 점점 어려워지며 일과 병행하기가 쉽지 않았습니다. 그래도 배워두길 잘했다는 생각에 자신감이 붙었습니다.

그 뒤 어릴 때부터 해보고 싶었던 스쿼시를 배우게 되었습니다.

배울 때마다 자세나 동작이 어려웠고 단순히 유산소 운동이라 생각했는데 전신 운동이라는 것을 알았습니다.

상체와 하체를 써야 하고 살을 빼는 데 도움이 많이 됐습니다.

체력도 좋아지고 활력도 붙어 재밌게 했던 기억이 납니다.

더 배우기에는 비용적인 부담으로 그만두고 집에서 홈트를 하고 있습니다.

아예 안 하는 것보다는 낫다는 생각으로 매일 하고 있지만, 몸을 유지하고 살을 빼기가 쉽지 않습니다.

우리가 배우는 모든 일은 살아가면서 언젠가 다 도움이 될 것입니다.

시간이 지나 쓰일 일이 있듯이 헛된 배움은 없습니다.

경험은 여러 면에서 양분이 되어 도움이 되기에 훗날 어떤 일을 할 때 이용되어 도움이 되는 날이 있을 것입니다.

나 홀로 해외여행

여름이 오기 전 친구가 일본에서 학교에 다니고 있어 약속을 지키러 놀러 갔습니다.

혼자서는 처음 가보는 해외여행이라 걱정을 많이 했습니다.

뭘 준비해야 하고 어떻게 가고 길을 잃어버리면 어떡할지.

일단 가보자는 마음으로 비행기 표와 숙소를 비교해가며 예매해 출발했습니다.

챙기지 않은 물건이 있는지 여행용 가방에 필요한 것을 다시 확인하고 사진을 남기기 위해 좋아하는 옷을 골라갔습니다.

코로나가 끝나고 일본여행이 활발하던 시기라 도쿄로 가는 비행기에서 많은 한국인을 보았습니다.

비행기를 타기 전 포켓 와이파이도 챙기고 인터넷에 검색해 여행에 관련된 것을 꼼꼼히 알아봤습니다.

타국에서 소통이 되지 않으니 파파고 앱을 깔았습니다.

비행기를 타고 도쿄에 도착해 친구를 만나기까지 생각보다 많은 시간이 걸렸습니다.

버스를 기다리는데 우리나라와 달리 줄을 서는 곳이 표시되어 있었습니다.

도쿄에서 지하철을 타는데 어렵기도 하고 헷갈렸습니다.

지하철 회사가 여러 개가 있어 혼란스러웠습니다.

전철을 잘 못 타서 돈을 날린 적도 있었지만, 생각했던 것보다 이곳저곳 잘 돌아다녔습니다.

한국이 아닌 일본에서 친구를 만나니 더 반가웠습니다.

돈가스집에 갔는데 매우 부드럽고 맛있었습니다.

일본에 가서 느낀 점은 사람들이 '실례합니다, 죄송합니다.'와 같은 말을 자주 사용하고 길거리가 깨끗했던 것이었습니다.

걸어 다닐 때는 주로 왼쪽으로 다녔습니다.

상상했던 일본사람들의 외모는 덧니를 가진 느낌이었는데 실제로는 아름답고 멋진 사람들이 많았습니다.

말하는 톤이나 분위기가 생각보다 부드러워 일본의 매력에 푹 빠졌습니다.

친구의 몸 상태가 좋지 않아 3박 4일의 여행 동안 자주 만나지 못했습니다.

친구를 만날 때는 관광지를 돌아다니고 나머지는 혼자 여기저기 돌아다녔습니다.

숙소는 방이 좁았지만, 생각보다 아늑하고 좋았습니다.

게스트하우스라 그런지 외국인들을 많이 접할 수 있었습니다. 혼자서 여행을 온 거라 후회 없이 보내고 싶었습니다.

숙소 앞에 이자카야를 갔는데 음식점 내에서 담배를 태울 수 있었고 모르는 사람과 자연스럽게 얘기하며 혼자 밥을 먹는 것이 자연스러웠습니다.

저에게는 매력적으로 다가왔고 흥미로웠습니다.

혼자 맥주를 마시다 모르는 사람들과 잘하지도 못하는 영어와 앱을 써가며 일본인 친구도 만들고 즐거웠던 기억이 납니다.

여행이라 그런지 거부감이 들지 않았고 사람들도 차별하는 분위기는 없었습니다.

친구를 만나 길거리에 돌아다닐 때 사진을 찍어달라고 했는데 마침 선글라스를 챙겨와 한 장의 추억을 남길 수 있었습니다.

원래부터 살던 나라가 아니라 길거리를 돌아다니는 것마저 설렜습니다.

초밥과 우동을 먹고 싶은 날이 있었는데 가려고 했던 초밥집은 길을 찾지 못해 다른 곳에 가 직장인들 사이에서 먹었던 기억이 납니다.

맥주를 시키고 초밥의 종류를 외치며 하나씩 시켰습니다.

대부분 혼자 와서 그 틈 사이에서 어색하지 않고 자연스럽게 식사를 했습니다.

아쉽게도 우동을 먹고 싶었지만 길을 찾지 못했습니다.

일본에서의 시간은 생각보다 빠르게 지나갔고 좋은 추억을 안겨주었습니다.

제가 갔을 때는 날씨가 좋지 않고 비가 내려 사람들이 많지 않은 때였습니다.

　친구가 몸이 아픈데도 배려해주며 관광지를 안내해주고 사진도 많이 찍어주었습니다.

　이상하게도 일본에서 있는 내내 날씨 때문인지 우울한 기분이 들었습니다.

　한국과 공기가 다르고 특유의 냄새가 났습니다.

　아침마다 편의점을 이용했고 카페에 가서 아이스 아메리카노를 마셨는데 행복했었습니다.

　마지막 날 친구와 인사를 하고 돌아오는 내내 아쉬웠습니다.

　좋은 기억의 여행이었고 다시 여행을 오고 싶은 마음이 들었습니다.

　빚과 카드 값이 남았지만, 여행을 간 것이 전혀 후회되지 않았습니다.

　다시 일본을 갈 수 있다면 친구와 한번 여행을 떠날 계획입니다.

　여행은 우리에게 새로운 경험과 생각을 안겨줍니다.

이번 여행은 저에게 좋은 생각과 감정을 안겨주었습니다.

모든 계절이 나를 만들었다

기억되는 사람

돌고 도는 계절 속 누구에게나 잊고 싶은 계절이 있습니다.

누군가에게 애정을 담은 만큼 돌아오는 실망도 클 것입니다.

계절마다 떠오르는 사람이 있나요?

지우고 싶은 기억이 있나요?

나는 누군가에게 어떤 계절 속의 어떠한 사람으로 자리 잡고 있을까요?

잊고 싶은 사람, 잊힌 사람이 아닌 기억되는 사람으로 남고 싶습니다.

나보다 나를 생각해주는

엄마한테는 내가 아직도 어린아이인지 별일 아닌 것에도 크게 걱정하십니다.

다치진 않았는지 위험한 일이 생겼으면 어쩔 뻔했는지 말입니다.

부모가 되어보지 않아 어머니의 심정을 알 수는 없으나 나를 걱정해 주는 마음이 좋았습니다.

오랜만에 따뜻한 손길이 느껴졌습니다.

잔소리를 집중해서 듣다 보니 속상했고 너무 걱정했다는 말로 들립니다.

그래서 엄마를 안심시키기 위해 약속을 합니다.

아무 일도 안 생겼으니 너무 걱정하지 말라고 앞으로 조심하겠다고 말입니다.

가족이 있어 좋은 점은 항상 내 편이 되어주지 않아도 가끔 내 일을 자기 일보다 끔찍하게 생각하는 것입니다.

그런 점에서 위로를 받고 든든함을 느낍니다.

사랑을 밖에서 찾지 않아도 가족에게서 느낄 수 있습니다.

이럴 때마다 더 열심히 살아가야겠다는 마음이 듭니다.

점점 나도 모르는 사이 그 사람이 없다는 이유만으로 망가져 가는 나를 발견했습니다.

재수가 없어 어떤 상황에 휘말렸을 때 그가 옆에 있었더라면 나를 든든히 지켜줬을 텐데 생각했습니다.

어릴 때는 옆에서 내 편이 되어 상대를 같이 욕해주던 사람, 무슨 일이 생길 때면 나를 지켜주던 사람이었습니다.

한때는 너무 미웠던 사람이지만 종종 생각납니다.

예전과 같이 옆에 없다는 사실을 인지하고 나면 눈물이 핑 돌 때가 있습니다.

어쩌다가 이렇게 된 것인지 어디서부터 잘못된 것인지 알 수 없으나 빈자리가 허전합니다.

　　·

　눈 주위는 시퍼렇고 특유의 냄새와 전체적인 근육은 빠져 있었고 핸드폰을 켜고 아무것도 하지 못한 채 손을 떨고 있었습니다.

　나이키 신발에 하늘색 하늘색 티셔츠, 백팩과 안경을 들어 올리는 습관까지 그와 유사했습니다.

　계속해서 들여다본 옆모습과 흰머리들.

　이게 꿈이고 마지막 장면이길 바라며 퇴근길에 슬픔이 나를 집어삼켰습니다.

　평생을 보지 않기로 다짐했고 이렇게 마주하기를 바라지 않았습니다.

　빈자리가 익숙해진 줄 알았으나 충격에 실감이 나지 않았습니다.

　꿈이길 바라며 전철역에 내려 그를 떠나보냈습니다.

용서

어린 시절 장마철에 비를 맞고 있을 때 주변에 우산을 건네주는 사람은 한 명도 없었습니다.

짧다면 짧고 길다면 긴, 강렬했던 기억에서 비를 맞고 있던 나는 그가 옆에서 지켜보지만 않고 우산을 가지고 와주기를 바랐습니다.

사계절이 돌고 돌아 어른이 되어 그가 비를 맞는 모습을 볼 때면 뛰어가 옷이 다 젖어가면서 당신을 위해 우산을 펼쳤습니다.

당신이 비를 맞지 않기를 원했던 마음 하나만으로 말입니다.

아직도 어디선가 비를 맞고 있을 그를 생각할 때면 마음이 아프지만 어찌할 수가 없습니다.

더는 돌이킬 수 없는 멀고 먼 길을 와버렸으니 말입니다.

우연히 길에서 비를 맞고 있을 당신을 보게 된다면 용서하지 못했어도 못 본 척 지나치지 않겠습니다.

당신을 용서하지 못한 나를 위해서 우산을 펼치겠습니다. 다시 만날 수 있다면 그때는 서로 좋은 모습으로 볼 수 있기를 바랍니다. 건강했으면 좋겠습니다.

위로의 말

현대 사회에서 사람들은 저마다 불안을 느끼며 살고 있습니다.

어떤 이유든 정도의 차이일 뿐 미래에 대한 불안과 갈등에 대한 불안, 직장 내에서의 불안, 인간관계에서의 불안 등 말할 수 없이 다양합니다.

살아온 환경과 어떠한 생각과 가치관을 가지고 살아가는지는 다르기에 쉽게 이야기할 수도 판단할 수도 없는 부분입니다.

친한 사람이나 가까운 사람이 힘들 때 우리는 거창한 말이나 선물이 아니더라도 위로를 건넬 수 있습니다.

상대가 말할 때 이야기에 집중해 들어주는 것, 가르치거나 잘못된 부분을 짚어주고 해결책을 제시하기보다 그 사람의 이야기를 들어주는 것, 그 사람 그대로를 받아들여 주는 것입니다.

'힘들었겠다, 불안했구나, 속상했겠다, 서운했구나.'와 같이 진심 어린 마음을 가지고 한마디 건네는 것이 별거 아닌 거 같아도 큰 힘이 될 것입니다.

가까운 사람이 나에게 힘들다고 이야기한다면 집중해서 들어줬으면 합니다.

할 수 있다면 공감도 해주고 위로를 건네줬으면 좋겠습니다.

그 말 한마디가 사람을 살리는 말이 될 수도 있기 때문입니다.

누군가는 그 말 한마디가 꼭 듣고 싶었던 말이었을 겁니다.

많은 사람을 다 챙길 필요는 없습니다.

나와 친하거나 가까운 사람에게 여유가 있다면 한번 건네줬으면 좋겠습니다.

3장

가을, 부정적인 감정이 들어도
자연스러운 감정이라 받아들일 수 있는 마음

애매한 바람

서서히 지나가는 계절 속 어느덧 가을이 왔습니다.

옥상에 올라가 보니 바람이 제법 차게 붑니다.

여름에서 가을로 넘어가니 더웠던 날이 생각도 안 날 정도로 시원한 바람이 붑니다.

여름과 다르게 외출할 때면 어떤 옷을 입고 나갈지 고민할 시간이 줄어들었습니다.

추워지는 만큼 멋을 부릴 필요가 없어졌습니다.

더운 것에 비하면 차라리 추운 것이 나았습니다.

외적인 모습을 꾸며야 하는 고민이 줄어들었던 이유도 여름에서 가을이 되던 때에 이별했기 때문입니다.

사실상 계절은 그렇게 중요하지 않습니다.

단지 계절이 변함에 따라 우리의 관계가 변했다는 사실이 중요했습니다.

아침과 저녁 추웠다, 더웠다 반복하는 올해 가을의 날씨는 내가 알던 그녀와 닮았습니다.

밝았던 사람이 갑자기 슬퍼하고 감정 기복이 심해 어느 장단에 맞춰야 할지 몰랐습니다.

그 생각이 저도 모르는 사이에 전달되었을까요.

사람은 비슷한 사람끼리 만나야 잘 맞는다고 들은 적이 있습니다.

서로 다른 사람에게 끌리는 마음은 사실이나, 나와 많이 다른 그녀는 자기와 닮은 사람의 품으로 떠나갔습니다.

내게 그 친구를 표현하라 한다면 춥지도 덥지도 않은 그렇다고 좋지도 싫지도 않은 그런 온도의 계절입니다.

그 친구에게 나도 끌리지 않는 사람이었을 겁니다.

우리라는 말이 어색하게도 뜨겁지도 춥지도 않은 미지근한 온도라는 표현이 어울립니다.

그 정도의 마음을 가지고 서로를 바라보았기 때문입니다.

시원하지도 덥지도 않은 애매한 바람이 불어옵니다.

하늘을 올려다보면

오늘 저녁은 선선한 바람이 불고 하늘을 보니 색감이 예뻤습니다.

최근에는 하늘을 많이 보게 됩니다.

지금 하늘을 보고 있는 사람이 있다면 그 사람은 어떤 마음으로 올려다보고 있을까요.

저와 같은 쓸쓸한 마음일지 애절한 마음일지 단순히 예뻐서 올려다보는 것일지 궁금합니다.

오늘도 하늘을 보며 당신을 생각하고 있습니다.

예쁜 눈으로 나긋하게 말하며 위로해 주던 당신이 떠오릅니다.

하늘을 보는 데 마음을 들여다보게 되고 누군가 떠오르는 것을 보면 올려다보는 행위만으로 많은 것을 얻게 해줍니다.

사람은 누구나 거절 받는 것과 버림받는 것에 대한 두려움이 있습니다.

부모가 자식을 버리고 떠나는 것, 자식이 부모를 떠나 평생 연을 끊고 사는 것, 좋아하는 사람에게 마음을 표현했으나 거절당하는 것.

누구나 거절을 자주 받다 보면 마음이 속상하고 관계를 시작하기도 전에 걱정부터 하게 될 것입니다.

사랑하는 사람에게 버림받는 느낌이 반복될수록 큰 아픔을 느끼게 될 것입니다.

거절 받는 것과 버림받는 것은 주관적이라 버림받았다고 느끼는 사람이 상대를 떠난 입장일 수 있고 반대로 상대를 떠난 사람이 버림받았다고 느꼈을 수도 있습니다.

좋아하는 사람이 생겼다고 가정해 볼 때 상대방도 나를 좋아한다는 확신을 두고 고백하는 것이 낫다고 생각합니다. 거절을 받았다면 이미 상처가 큰 사람은 화가 올라오거나 좌절할 수도 있습니다.

그런데 처지를 바꿔서 생각해보면 나도 누군가에게 고백받았을 때 당황했거나 이성으로 느껴지지 않은 이유로 거절을 한 적이 있지 않나요.

그 사람이 싫어서가 아닌 내 스타일이 아니거나 가치관과 성격이 잘 맞지 않아서, 편하지 않거나 미래를 같이 그릴 마음이 없어서 등 여러 이유가 있을 것입니다.

그렇다고 해서 상대방이 가치가 없는 사람은 아닙니다.

거절은 누구에게나 자유롭게 주어집니다.

싫으면 싫다고 말할 수 있고 좋으면 좋다고 말할 수 있습니다.

마음을 속이고 상대를 배려한다고 해서 거절하지 못하면 상대에게 더 큰 상처를 안겨줄 수도 있습니다.

마찬가지로 누군가 당신의 마음을 꼭 받아줘야 한다는 의무도 없습니다. 거절 받는다고 한들 당신이라는 사람이 가치가 없는 존재는 아니라는 것입니다.

나와 상대가 맞지 않는 것일 뿐입니다.

누군가에게 버림받은 기억이 있다면 쉽게 얘기할 수 없지만, 충분히 아파하고 슬퍼할 시간이 필요하다고 생각합니다.

혼자만의 시간을 가지든 친구들과 만나서 속 이야기를 하든 비슷한 상황을 가진 사람과 공유하든 회복할 시간이 필요합니다.

누군가에게 거절 받고 버림받은 느낌을 좋아하는 사람은 없을 것입니다.

세상에는 다양한 사람들이 존재하며 나와 맞는 사람도 있고 선한 사람만 있지 않다는 것을 인정해야 합니다.

어딜 가나 나와 맞지 않는 사람은 있으며 나를 싫어하거나 내가 싫어하는 사람도 존재합니다.

심성이 나쁜 사람들도 존재합니다.

모든 사람이 선했더라면 범죄나 사고는 일어나지 않았을 겁니다.

그러니 거절 받고 버림받았다고 해서 많은 사람을 미워하고 마음의 문을 닫지 않았으면 좋겠습니다.

'그래 그럴 수도 있지, 그런 사람도 있지, 그 사람은 그런 사람인가보다.'라고 생각하는 편이 낫습니다.

앞으로의 관계 속에서 나를 함부로 대하지 않도록 마음을 지켜냈으면 합니다.

어떤 사람은 나의 민낯을 보고 실망하거나 떠날 수도 있지만, 오히려 민낯을 보고 더 좋아해 주는 예도 있습니다.

가능성과 마음을 열어두고 유연하게 생각했으면 좋겠습니다.

．

　사랑한다, 보고 싶다, 미안하다, 고맙다는 것과 같은 표현을 하는 것이 참으로 어렵습니다.

　표현이 늦었다고 생각할 때가 정말 늦은 걸까요.

　돌고 도는 해와 계절 속에서 지나간 사람과의 사랑했던 날을 떠올렸습니다.

　잊고 싶은 기억과 되돌리고 싶은 기억이 떠올랐습니다.

　당신에게 물어보고 싶습니다.

　아직도 이 계절 누군가를 기다리고 계시는가요?

　눈부신 계절 누군가와 함께하고 있나요?

　이 밤 누군가를 그리워하고 있나요?

　이른 새벽 누군가와 사랑을 나누고 있나요?

　계절은 누군가와 함께했던 시간을 떠오르게 해줍니다.

●

그동안 무슨 일이 있었던 것인지 모를 만큼 시간이 빠르게 지났습니다.

많은 것이 이전보다 나아졌다고 생각했는데 세월이 흘러 변해버린 모습에 지난날이 그리워집니다.

아무것도 모르던 때 순수함 하나만으로 사랑을 하던 시절이 그렇게나 귀한 시간인지 몰랐습니다.

우리가 자주 듣던 노래와 우리가 보던 책과 영화. 우리가 자주 가던 장소와 우리 둘이 산책하던 공원.

그때 함께 만나던 사람들. 잠을 청하지 못하고 미래에 관한 걱정으로 하루를 보내던 지난 밤. 지나간 사람들과 많은 일이 일어났던 지난날.

시간 앞에 모든 것이 지나가 오늘도 아무 일 없었던 것처럼 편하게 잠자리에 듭니다.

계절에도 시기가 있습니다.

비가 내리는 때가 있고 눈이 내리는 날이 있고 햇빛이 쨍쨍할 때가 있고 잎이 떨어지는 때가 있습니다.

어떤 날은 알 수 없는 태풍이 불다 지나갈 때도 있습니다.

사람의 삶도 그렇지 아니한가 생각해봅니다.

누구에게나 시기가 있듯 항상 좋은 일만 있지도 않고 항상 불행하지만도 않습니다.

비가 내리면 우산을 쓰면 되고 추울 때면 목도리에 패딩을 입은 채 외출하면 됩니다.

만약 태풍이 불어온다면 우리는 어떻게 해야 할까요

사람이 어찌할 수 없는 부분은 별일 없이 지나가기만을 기도할 수밖에 없지 않을까요.

사계절 내내 변하는 온도와 날씨처럼 마주하는 사람들과 변하는 하루하루 오늘도 잘 버텨냈습니다.

　지금까지 잘 지나온 만큼 앞으로도 무탈하게 지나갈 것입니다.

　누구에게나 때가 있듯 당신에게도 시기가 있습니다.

부모의 마음

자식을 바라보는 부모의 마음은 이런 느낌일까 궁금했습니다.

오랜만에 강아지를 데리고 강아지 놀이터에 갔습니다.

옛날에는 아빠 품에 안겨 강아지들과 싸우려고 하던 모습과 달리 평화롭게 잘 지내며 서로 좋아하는 모습을 보입니다.

강아지가 내 다리에 붙어 쉬고 있을 때 느꼈습니다. 착각인지 몰라도 제일 좋아하던 아빠가 곁을 떠나고부터 눈치도 많이 보고 기가 죽어 보입니다.

가장 믿고 사랑하는 사람이 자기를 버렸다는 것을 강아지도 아는 걸까요.

지금도 다시 올 거라고 믿고 마음속으로 기다리고 있는 걸까요.

오늘은 그 모습이 느껴지는데 마음이 너무 아팠습니다.

분명 모든 것이 예전보다 나아졌는데 강아지도 나도 어딘가 모르게 허전함을 느낍니다.

내가 나를 보듯 강아지의 뒷모습이 쓸쓸하게 보입니다.

이별로 인하여 느끼는 무게와 회복하기까지 필요한 시간
은 모두 다를 것입니다.

시간으로 해결이 되는 이별이 있을 테고 시간이 흘러도 잊
히지 않는 이별이 있을 것입니다.

사람의 앞날은 다음 날이라도 어떤 일이 일어날지 모릅니
다.

알 수 있었다면 애초에 많은 사람이 사랑을 시작하지 않았
을 겁니다.

갑작스러운 아버지와의 이별이 좋지만은 않았습니다.

이제는 누군가의 이별을 쉽게 판단할 수도 헤아린다는 말
도 할 수 없습니다.

나와 같은 이별을 겪는 사람들에게 위로해 준다면 할 수

있는 건 옆에서 있어 주고 기다려주고 안아주는 것일 뿐 그 이상도 이하도 아닐 것입니다.

그게 현실적으로 할 수 있는 최선의 위로가 아닐까요.

괜찮지 않은 이가 괜찮다고 거짓말을 할 순 있겠지만 마음을 들여다보면 괜찮지 않은 것은 사실일 겁니다.

괜찮지 않을 때는 충분히 슬퍼하고 아파해도 됩니다. 괜찮다고 괜찮을 거라고 하기보다 충분히 아파하셨으면 합니다.

알고 지내던 인간관계는 맞지 않으면 상처를 주고받더라도 끊어내면 됩니다.

그러나 같은 공간에서 어쩔 수 없이 마주해야 하는 직장에서는 그게 말처럼 쉽지 않습니다.

특히 같이 일을 해야 하는 상황에서 성향이 너무 다르면 갈등이 생기고 심하면 한 사람이 직장을 그만두는 상황이 생깁니다.

예를 들어 직장 상사에게 업무를 못 하거나 마음에 안 든다는 이유로 일과 관련된 비난을 넘어 개인적인 비난까지 받아야 할 때면 사회생활이 쉽지 않음을 알게 됩니다.

혹은 대중교통을 이용하거나 놀러 다닐 때 원치 않는 상황을 마주하게 될 때도 있습니다.

그렇게 스트레스를 받다 보면 생각하게 됩니다.

내가 사람들을 바꿀 수 없다는 것을 인정하고 나와 잘 맞는 사람이 있듯이 나와 맞지 않는 사람들도 있다는 것을요.

상대가 바뀌길 기대하기보다 내가 마음을 달리하는 것입니다. 스트레스를 덜 받기 위해서 마음에 안 드는 상황이 있더라도 좋은 것이 좋은 거라고 '그러려니 하는 것.' 세상에는 이런 사람 저런 사람이 있음을 인정하는 것, 어떤 사람은 내가 말한다고 해서 달라지지 않으니 바꿀 수 없다는 것을 인정하는 것처럼 현명하게 생각하는 것이 중요합니다. 굳이 부딪치지 않아도 될 상황이라면 그러려니 하는 습관을 들이는 것입니다. 내가 스트레스를 덜 받기 위해서 넘기고 넘어가는 것입니다.

쓸쓸함

계절마다 느끼는 감정은 사람마다 다릅니다.

30대가 되니 새로운 사람을 만날 기회가 생기지 않았습니다.

외모가 특출나게 뛰어나거나 상대를 재미있게 해주거나 사람을 끌리게 하는 면이 없었기에 이성을 만나기가 쉽지 않았습니다.

홀로 오랜 시간을 보내다 보니 어느새 혼자가 익숙해졌습니다.

어디서부터 뭘 어떻게 해야 할지 몰라 많은 고민을 했습니다.

상담 선생님에게 물었습니다.

'선생님 사람을 만날 기회가 없고 일과 집을 반복하는 생활이 지루하고 재미가 없어요.

마음이 너무 허전하고 외로워요.

다른 사람들은 다들 어떻게 연애하며 만나는 걸까요.'

선생님은 대답해주셨습니다.

'일단 매일 감사일기를 써보세요. 쓰다 보면 생각보다 감사
할 것이 많은 것을 발견할 거예요.

요즘에는 오프라인보다 온라인을 통해 만나는 경우도 많
더라고요.'

오래전부터 그렇게 만나는 것이 내키지 않았지만, 시대가
바뀐 만큼 한번 해봐야겠다고 생각했습니다.

유료인 서비스도 많았고 단체로 이성과 만나는 모임도 있
었습니다.

호기심은 들었지만, 부담스러웠고 마음에 내키지 않았습
니다.

당신에게 묻고 싶습니다.

당신은 어디에서 어떻게 만나 연애하셨는지.

어떻게 결혼을 하게 되었고 결혼한 지금은 행복한지.

정말 사랑하는 사람과 만나 연애하고 결혼한 것인지. 지금

은 후회가 없는지.

모든 계절이 나를 만들었다

4장

겨울, 가끔 넘어질 때도

다시 일어나 단단해지는 성장의 시간

추운 겨울에 혼자 길을 걷다 붕어빵과 군고구마를 먹던 기억이 납니다.

당시에는 따뜻한 온기를 발견하기가 어렵지 않았는데 지금은 길을 걷고 찾아봐도 좀처럼 붕어빵과 군고구마를 파는 곳이 보이지 않습니다.

지인들과 만나 전철 안 통로를 걷던 중에 붕어빵 파는 곳을 발견했습니다.

현금을 가지고 다니던 때와 달리 신용카드로는 결제되지 않아 아쉽게도 지나오고 말았습니다.

추운 겨울이 오면 따뜻한 음식을 먹던 기억들이 새록새록 떠오릅니다.

길을 걷다가 중간중간 보이던 먹거리들이 생각납니다.

그때의 따뜻했던 시절이 그립습니다.

너무나 많은 것이 변해버렸습니다.

어쩌면 저 또한 변해버렸는지도 모르겠습니다.

시간과 함께 많은 것이 변했고 변하고 있습니다.

모든 계절이 나를 만들었다

아마 지지난해였을 겁니다.

한겨울 홀로 인천 바다를 보러 떠난 적이 있습니다.

찬바람이 불던 날, 사람은 없었고 모래 위를 걷는 소리를 영상에 담았던 기억이 납니다.

칼바람이 불고 쓸쓸한 느낌이었지만 가슴이 시원한 게 뻥 뚫리는 거 같았습니다.

가까운 가게에 들러 창문 밖으로 보이는 바다를 보며 칼국수에 몸을 녹였습니다.

겨울이 오면 혼자만의 추억처럼 생각나는 곳이 되었습니다.

생각해보면 주변에도 그런 사람이 있지 않나요.

뜨거운 온도를 가진 사람과 차가운 온도를 품은 사람, 따뜻함을 가진 사람과 첫인상부터 강렬함을 남기는 사람.

첫 만남부터 기억에 남아 상대가 어떤 온도를 가진 사람인지 알지 못해 알아가고 싶은 사람 말입니다.

겨울 바다와 같은 사람이요.

누군가에게 저는 어떤 온도의 사람일지 궁금해졌습니다.

기다리는 사람

그 사람은 바람이 차가운데도 밖에서 추운 줄도 모르고 그를 애타게 기다렸습니다.

버림받은 강아지가 주인이 올 거라 믿으며 기다리듯 마음속으로 기다렸습니다.

시간이 지나도 오지 않을 걸 누구나 아는 사실을 그 사람은 인정하고 싶지 않았나 봅니다.

그보다 사랑하는 사람에게 버림받은 사실을 인정할 수 없었나 봅니다.

그래서 옆에서 해줄 수 있는 거라곤 그 사람을 꼭 안아주는 것뿐이었습니다.

티를 안 내고 나 또한 마음이 아픈 걸 감춰가며 그 사람의 마음이 회복되기를 기다려주는 것뿐이었습니다.

'그는 이제 돌아오지 않아요. 그는 당신을 사랑하지 않아요. 인정할 수 없고 믿기 어렵겠지만 이미 일어난 일이에요. 그만 울고 집으로 돌아와 이불을 덮고 몸을 녹이세요.'

당신은 본인이 얼마나 예쁘고 중요한 사람인지 모를 거예요.

그 사람이 사랑하지 않는다고 해도 당신을 사랑하는 사람들이 곁에 있어요.

친구에게

최근에 나도 이런저런 일을 겪어보고 가까운 사람에게 배신을 당해보니 그때, 네 마음이 조금은 이해가 가더라.

그때 말했던 것처럼 무거운 얘기를 하는 게 상대방에게 부정적인 감정을 전달하는 것 같아 싫다고 했었지!

내가 살기 위해선 누군가에게 얘기할 수밖에 없게 되더라.

생각보다 우리가 살아가는 삶은 사람이 감당하기에는 벅찬 일들이 종종 있는 거 같아.

네 소식을 들을 때면 잘 사는 거 같아 괜히 애틋하기도 하고 위로가 되더라.

그렇다고 네가 불쌍하거나 동정하는 건 아니야!

나는 요즘 밥도 잘 먹고 일도 하고 잠도 잘 자고 잘 지내.

그런데 가까운 사람에게 버림도 받고 배신을 당해보니 믿던 사람들도 점점 못 믿겠더라.

언제 또 나를 배신하고 버릴지 모른다는 마음이 들어서 말이야.

다행히 주변에는 나와 비슷한 사람들이 있어서 위로될 때가 있어.

오늘은 네가 좀 보고 싶고 생각나는 날이야.

너는 그때 얼마나 외롭고 마음이 아팠을까?

지금은 또 얼마나 단단해지고 독해졌을까 생각해본다.

사람이 고통을 겪다 보니 아프긴 해도 단단해지더라.

너는 혼자가 아니고 너와 비슷한 일을 겪은 사람들도 있다는 것을 알았으면 좋겠어. 그러니 지금처럼만 잘 지내줘.

그러니까 우리 겨울을 따뜻하게 보내다 봄에 만나자.

세상 어디에도 없을 친구야.

감사한 일

고등학교 때 처음으로 병원에 가 마음이 아프다는 것을 알 았습니다.

청천벽력 같은 소식이었지만 처음에는 별로 대수롭지 않게 여겼습니다.

매일 먹어야 하는 약과 졸리고 살이 찌는 부작용과 꼬리표를 달고 살아야 한다는 것, 주변 친구들과 가족들의 차별과 단정이 싫었습니다.

아무도 알지 못하게 숨기고 살아야만 하는 불안과 수치심이 들었습니다.

스스로 작아지고 타인과 비교하며 살아왔습니다.

평범한 사람을 생각하는 기준은 사람마다 다르겠지만 마음이 건강한 사람들의 일상이 부러웠습니다.

그럴 때마다 가족이 싫었습니다.

왜 걸렸을까, 어떻게 해야 할까, 죽을 때까지 평생 안고 살아가야 할까?

혼란스러웠고 마음이 힘들었습니다.

오랫동안 고통을 달고 사니 지칠 대로 지쳤고 극단적인 생각도 들었습니다.

어떤 일을 새롭게 도전할 때마다 마음과 연관 짓게 되어 완치될 수 없는 병을 완치하고 싶은 마음이 간절했습니다. 안 해본 것이 없을 정도로 노력과 시간을 쏟았습니다.

결국에 좌절하고 지쳐 삶을 포기하고 싶은 마음이 들었지만, 마지막이란 생각으로 심리상담을 받게 되었습니다.

그렇게 상담사와 매주 시간과 비용을 들여 마음속 안에 있는 것을 토해냈습니다.

3년간 심리상담을 받으며 좋아진 부분도 있었지만, 마무리는 좋지 못했습니다.

'선생님 저 이제 재정적으로 여유가 없어요. 더는 상담을 진행하기 힘들 거 같아요.'

상담사분은 대답했다.

'신일 씨, 지금 상태로는 새로운 연애도 힘들고 직장을 가진다 해도 예전처럼 1년을 넘기지 못하고 그만둘 거예요.'

많은 얘기를 솔직하게 털어놓았던 사람에게 배신당한 것만 같았습니다.

다시는 상담할 마음이 생기지 않아 종결했습니다.

도대체 얼마나 더 상담 받아야 한다는 말일까, 돈이 없는데 어떻게 더 받을 수 있을까? 화도 나고 의심스러웠습니다.

그토록 믿고 기댔던 사람에게 배신당한 느낌이 들었고 그동안 내게 해주었던 위로는 가식이고 연기였던 것인지 혼란스러웠습니다. 정말 다행스럽게도 직장을 얻기 전에 좋은 일이 생겼습니다.

10년간 달고 살았던 병은 완치되었고 자유로워졌습니다.

그 후 직장을 구해 다니는 것이 힘들 때도 있었지만 오기 하나로 매일 매일을 버티고 버텼습니다.

그분과의 상담을 통해 현실적인 부분이나 사회성은 이전보다 나아졌습니다. 그러나 여전히 가정은 용서되지 않았고 과거에서 오는 마음 안의 분노와 공격성은 여전했습니다.

그 후 직장을 다닌 지 1년 반이 되는 시점에 그분에게 연락해 직장을 잘 다니고 있고 매달 돈을 벌어 빚을 갚고 있다고 전달했습니다. 그때 나도 할 수 있다는 생각을 하게 되었습니다.

그분과 나는 성향이 맞지 않았다는 것을 알았습니다.

일찍이 상담을 종결했어야 했는데 오래 끌었다는 것을 오래전 알았던 상담사분을 통해 알게 되었습니다.

대학교에서 알았던 분과의 상담을 통해 다시 마음을 열게 되었고 하루하루 이겨내며 더 나은 사람이 되기로 마음먹게 되었습니다.

작은 것이라도 매일 감사할 것을 찾아 3가지 이상 쓰는 습관을 들였습니다. 꾸준히 쓰다 보니 시야가 조금씩 바뀌고 있었습니다. 어쩌면 저에게는 정말 따뜻하고 감사한 분입니다.

가장 힘들고 어려운 시기에 만나게 돼서 다시 회복할 수 있는 전환점이 되었습니다.

그 후 계속 직장을 다니며 3천 5백만 원의 빚과 밀려 있던 카드 값을 갚게 되었고 2년 장기근속을 하면 받을 수 있는 돈도 받게 되었습니다.

매일 책상에 앉아 일하니 어쩔 수 없이 체력을 위해 운동하게 되었고 직장 내에서 기업과 관련된 많은 사람과 소통할 수 있었습니다.

일하면 적성에 안 맞아서인지 금방 그만뒀고 집에서 끈기가 없다는 얘기를 자주 들어왔는데 다행히도 잘 적응하고 있습니다.

회사에 적응해 편하게 다닐 수 있는 것도 있었고 곁에서 응원하고 도와준 사람들도 있었습니다.

지금까지 버틸 수 있었던 것은 나를 자극했던 사람들과 삶에 정말로 간절했기 때문입니다.

지금의 모습으로 살고 싶지 않았고 평가받으며 단정 지어 살고 싶지 않았습니다.

기죽어서 남들과 비교만 하다 하루를 보내고 싶지 않았고 오기 하나로 버티고 버텼습니다.

매일 감사할 것을 찾아가며 글을 통해 표현하고 악기와 운동을 하며 스트레스를 풀었습니다.

부정적이었고 슬픔이 많던 시절을 보내왔지만 갑작스럽게 변하지는 않았습니다. 감사할 것을 찾고 작은 일부터 꾸준히

하다 보니 조금씩 좋은 쪽으로 변할 수 있었습니다.

슬픔과 우울이라는 감정은 없애려 하고 억누르는 것이 아닙니다.

그 감정을 부정적으로만 생각하기보다 나에게 필요한 감정이라고 받아들였으면 좋겠습니다.

내 감정을 느끼고 알아주는 시간이 필요합니다.

여전히 하루를 버티며 살아가고 있습니다.

지금보다 성숙한 마음과 성장을 위해 노력하며 살고 있습니다.

사람이 욕심을 내면 한도 끝도 없고 남과 비교하면 한도 끝도 없습니다.

반대로 감사할 것을 찾다 보면 생각보다 많다는 것을 알 수 있고 당연한 것이 당연한 것이 아니었음을 알 수 있습니다.

콤플렉스

·

치아 교정할 시기를 놓쳐 부정교합으로 위에만 교정하게 되었습니다.

한창 외모에 신경을 쓰던 나이에 고르지 못한 치아에 대한 콤플렉스를 가지고 있었습니다.

보통은 윗니가 아랫니를 물어야 하는데 윗니와 아랫니의 위치가 같았습니다.

남들이 보기에 티는 안 났지만, 엑스레이도 찍고 교정을 하며 알게 되었기에 수치스러운 부분이었습니다.

치아에 콤플렉스가 있어 자연스럽게 웃는 것이 어려웠습니다.

누구에게나 콤플렉스는 있을 겁니다.

다만 본인만 알 뿐 직접 말해주지 않으면 알 수가 없습니다.

그러나 외모보다 중요한 것은 사람과 사람이 나누는 마음이라 생각합니다.

사람이 풍기는 분위기가 중요하다는 생각합니다.

같이 있을 때 어색하더라도 웃다 보면 긴장감이 풀리는 것을 알 수 있습니다.

어두운 사람보다 밝은 사람이 편하고 좋은 이유도 웃음을 통해 긴장이 풀려 마음이 편해지기 때문입니다.

많은 사람 앞에서 발표하거나 새로운 사람을 만날 때도 처음부터 긴장된다고 표현하는 것이 좋습니다.

오해를 사지 않을뿐더러 긴장한 모습이 매력적으로 보일 수 있기 때문입니다.

미리 긴장된다고 말하고 나면 마음이 편해지는 것을 느낄 수 있습니다.

굳이 마음을 숨기며 좋은 모습만 보이려 하지 않았으면 좋겠습니다.

있는 그대로의 모습이 자신에게는 창피하고 부끄러울 수 있지만, 상대에게는 좋은 이미지와 호감으로 다가갈 수도 있기 때문입니다.

분위기를 맞추려고 억지로 노력하기보다 웃음이 나올 때 편히 웃었으면 합니다.

 웃음은 긴장감도 풀어주고 상대와의 관계에도 도움을 줄 것입니다.

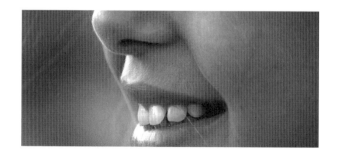

크리스마스

·

어릴 때는 크리스마스가 되면 산타할아버지에게 선물을 받을 생각에 설렜습니다.

어른이 되어 산타가 없다는 것을 알고 크리스마스를 연인과 함께 보내는 사람들이 많다는 것을 알았습니다.

한 번도 크리스마스를 연인과 함께 보낸 적이 없습니다. 그래서 크리스마스는 제게 쓸쓸하고 슬픈 느낌으로 다가옵니다.

크리스마스가 되면 밖으로 나가기 싫어졌고 빨리 지나가기를 바랐습니다.

한 살을 먹는 것보다 싫은 것이 크리스마스 날이었습니다.

함께 보낼 이성이 없었기 때문에 내가 눈이 높고 까다로운 것인지 매력이 부족해서인지 생각해봤습니다.

나를 있는 그대로 좋아해 주는 사람을 못 만났거나 원하는 기준을 정해놓고 사람을 만나기 때문이 아닐지 돌아봤습니다.

　시간이 지나 나와 잘 맞는 사람을 만나 크리스마스를 함께 보내는 날이 왔으면 좋겠습니다.

　올해가 될지 내년이 될지 모르겠지만 기대하는 마음으로 크리스마스가 오면 기쁘게 보내야겠습니다.

문화생활

　

퇴근하고 웹드라마에서 보고 싶었던 여주인공을 보러 시사회에 갔습니다.

그 후 영화 시사회를 예매해 자주 가게 되었습니다.

방송에서 보는 모습과 실제로 보는 모습은 어떻게 다른지 궁금했습니다.

시사회를 다니며 실물이 더 아름답거나 멋진 배우들도 있었고 오히려 방송에서 더 예쁘고 멋있게 나오는 배우들도 있었습니다.

한번은 좋아하는 가수의 콘서트를 갔는데 소리가 웅장하고 노래를 너무 잘해 집중하며 들었던 기억이 납니다.

그날을 위해 얼마나 많은 연습과 준비를 했을지 상상을 해봤습니다.

뮤지컬을 보러 간 적도 있었는데 시사회나 콘서트와는 달리 사진이나 영상을 찍는 것에 제한이 있었지만 보는 내내 몰입하게 되었습니다.

관심 있는 전시회에 가서 그림을 보거나 작품을 감상하기도 했습니다.

문화생활을 하다 보면 마음이 한층 풍요로워짐을 느끼게 됩니다.

만드는 사람은 최선을 다해 제작하고 보고 듣는 사람은 감동할 수 있고 재미를 느낄 수 있으니 문화생활을 할 수 있다는 것이 감사했습니다.

단순히 보고 즐기는 것으로 생각할 수도 있지만, 예술로 인해 사람이 느끼는 감정과 생각은 무수히도 풍부할 것입니다.

　예전에는 옷을 사고 버린 적이 많았습니다.

　어머니가 답답하셨는지 물건은 하나를 사도 제대로 된 것을 사라는 말을 하셨습니다.

　저렴하고 어두운 옷만 고집하다 20대의 마지막 때에 들어서며 밝은 옷을 구매하고 하나를 사도 제대로 사려고 노력했습니다.

　원래부터 명품을 좋아하진 않았지만, 가격이 있거나 재질이 좋은 옷을 입었을 때 다름을 알 수 있었습니다.

　그때부터 저렴한 옷을 사고 버리길 반복하기보다 가격이 있더라도 나에게 어울리는 옷을 사서 입게 되었습니다.

　유행을 따라가기보다 남들에게 어울리지 않더라도 나에게 어울리는 옷을 입게 되었습니다.

외모에 그다지 신경을 쓰지 않다가 나이를 하나둘 먹으니 외모를 가꾸어야 한다는 것을 알았습니다.

독서와 자격증 공부와 같이 발전해야겠다는 욕심도 들었습니다.

계속 안주하다 보면 발전이 없고 시간은 지나갑니다.

지인들을 만날 때 자기 관리에 관한 얘기가 자주 나왔습니다. 그러면서 관리를 해야겠다는 마음이 더 들었습니다.

작은 것이 계속 쌓이다 보면 어떤 결과가 나올 것입니다.

기타

어릴 적 기타를 배울 기회가 있었는데 끈기가 없어 배우다 포기한 적이 있습니다.

기타를 독학해볼까 생각했지만 별로 흥미가 없었습니다.

직장을 다니면서 최근 기타를 독학하고 싶다는 생각이 들었습니다.

처음에 쉽게 칠 수 있는 곡부터 시작해 조금씩 연습했습니다.

독학하는 것이라 좀처럼 실력이 늘지 않았지만, 음악을 전공한 동생이 조금씩 알려주며 연습을 했습니다.

직장에서 퇴근하고 나면 종종 기타를 쳤습니다.

처음에는 쉬운 곡부터 시작해 아는 코드가 있는 발라드곡 위주로 연습했습니다.

기타 치는 것이 익숙해질 때쯤 잔잔하게 기타를 치며 노래
를 불렀습니다.

　마음속에 답답함과 쌓인 감정을 그 순간에 집중하며 풀었
습니다.

　기타를 집중하며 칠 때마다 스트레스가 풀렸고 기분이 좋
아졌습니다.

　사람은 하고 싶은 것을 하게 되는 시기가 있습니다.

　사랑하는 사람을 만나는 시기가 있고 좋아하는 일을 발견
하는 시기가 있고 성숙해지는 시기가 있습니다.

　마음을 들여다보면 자신이 지금 무엇을 하고 싶은지 알 수
있을 것입니다.

　당신의 마음을 천천히 들여다보세요.

첫눈

해마다 첫눈이 내리면 느끼는 감정은 다릅니다.

누군가와 함께 첫눈을 맞이하느냐에 따라 다른 감정이 듭니다.

사랑하는 사람과 길을 걷다 첫눈을 맞는 순간 왠지 모를 묘함과 설레는 감정이 듭니다.

지금은 눈이 와도 그다지 신경이 쓰이거나 의미부여를 하지 않습니다.

어린 시절에 눈이 오면 눈사람을 만들거나 눈싸움을 했었는데 어른이 되어 그런 순수한 감정은 잊은 지 오래되었습니다. 오히려 눈이 올 때 어떤 사람과 함께 맞이하고 보내고 싶은지를 생각하게 됩니다.

눈이 오고 바다를 보고 자연풍경을 맞이하는 것은 아름답고 행복한 일이지만 누군가와 함께 그 시간을 보내느냐가 사람의 감정을 달리합니다.

눈이 오면 옛날에 느꼈던 순수한 감정과 좋아했던 사람과 걸었던 시간이 떠오릅니다.

그때는 뭐가 그리 설레고 좋았는지 모르겠습니다.

저마다 눈이 오면 떠오르는 생각과 감정은 다를 것입니다.

눈이 오면 연인을 떠올리는 사람도 있을 테고 가족을 떠올리는 사람도 있을 것입니다.

그것과 상관없이 돈을 벌기 위해 하루를 바쁘게 보내는 사람도 있을 테고 친구와 보내는 사람도 있을 겁니다.

눈이 오면 좋은 감정이 드는 사람도 있을 테고 쓸쓸한 감정을 느끼는 사람도 있을 것입니다.

해마다 눈이 내리는 것은 변하지 않고 올해에는 어떤 사람과 함께 보낼지, 어떤 일이 생길지 아무도 모릅니다.

눈이 내리면 하늘을 한번 바라봤으면 합니다.

하늘에서 하얗게 내리는 눈은 아름답고 찬란할 것입니다.

해마다 계절이 바뀌며 사람들은 성장하고 성숙해갑니다.

사건 사고가 일어나고 좋지 않은 일이 생기기도 하지만 좋은 일이 생기기도 합니다.

살아 숨 쉬는 오늘은 너무 감사한 하루입니다.

당연하게 보내는 하루하루가 누군가에게는 정말 원하는 일상일 것입니다.

점심시간에 마시는 커피 한잔과 어머니가 차려준 따뜻한 밥상. 가족과 함께할 수 있고 잠을 잘 집이 있다는 것.

아프지 않고 오늘도 건강하게 보낼 수 있다는 것, 친구와 마음을 나눌 수 있는 것 당연하지만 정말 감사한 일입니다.

언젠가 당연하다 여기는 일상을 누리지 못할 때 그리워지지 않을지 생각해봅니다.

당연하게 곁에 있던 사람이 떠났을 때 좀 더 잘할 걸 후회가 들고 보고 싶을 것입니다.

지금 누리고 있는 작은 것을 찾아 감사해보세요.

생각보다 누리는 것이 많고 힘이 되어주는 사람들이 곁에 있고 당신이 행복한 사람이라는 것을 알게 될 것입니다.

기분이 가라앉거나 좋지 않을 때 운동을 하거나 노래를 흥얼거리며 풀기도 하지만 감사할 것을 찾기도 합니다.

이전까지는 당연한 일상을 당연시하며 가진 것과 누리는 것이 없고 부정적으로 보냈던 기억이 납니다.

어리석게도 많은 것을 누리며 감사할 것이 많았고 행복한 나날을 보냈습니다.

당연하지 않은 일상과 곁에 있는 사람들 아프지 않고 숨을 쉬며 살아가는 오늘을 생각해보세요.

11월 11일

●

　빼빼로데이에는 빼빼로나 초콜릿을 주고받음으로 마음을
표현합니다.

　옛날에는 빼빼로를 너무 싫어했었습니다.

　왜냐하면, 초등학교 때 반 친구들을 초대해 생일파티를 했
었는데 생일이 11월 이어서 선물 대부분이 빼빼로였습니다.

　그때는 너무 싫었고 질렸던 기억이 납니다.

　크기별로 작고 큰 빼빼로까지 다양했었습니다.

　지금 와서 보니 빼빼로 하나 받기도 어려운 어른이 되었습
니다.

　누군가에게 마음이 담긴 빼빼로를 받는 것은 기분 좋은 일
입니다.

　원래는 기념일 같은 것을 신경 쓰지 않았지만 외로운 것인

지 마음이 쓰일 때가 있습니다.

외로워서 연애하는 것만큼 위험한 일도 없다는 것을 압니다.

혼자서도 외롭지 않고 여유가 있을 때 사랑을 해야 비로소 좋은 사람을 만날 수 있다고 믿습니다. 빼빼로데이에는 왜 그렇게 사람들이 많은지 밖에 나가기가 꺼려지는 날입니다.

많은 사람이 기분 좋게 보내는 날 혼자 다른 세상에 떨어져 사는 기분이 들었습니다.

．

　사람과 일에 지칠 때로 지쳐 얘기를 나누려고 동생과 맥주를 마셨습니다.

　'사람은 정말 보이는 모습과 다르다. 앞과 뒤가 다른 사람이 많은 거 같아.'

　동생이 조언해줬습니다.

　'형이 그동안 상처를 많이 받아서 지쳐 보여. 인간관계에서는 가끔 나를 감추고 연기하는 것도 필요해. 형은 너무 솔직하고 순수한 면이 있어서 그걸 싫어하는 사람들도 있을 거야. 너무 아파하지 말고 때로 형의 모습을 다 보여주려 하지 말고 마음을 다 주려 하지 마.'

　맞는 말이었습니다.

　나쁜 의도, 계산된 의도 없이 인간관계를 하려 하고 이기적으로 나에게 잘해 주는 사람을 기대하다 보니 실망과 상처를 안게 되었습니다.

살다 보니 앞에서는 웃고 뒤에서는 다른 모습을 가진 사람들이 있다는 것을 알았습니다.

어떠한 이유가 있다기보다 나와 잘 맞지 않고 다르다는 이유로 마음에 들지 않아 꺼려지는 것일 겁니다.

사람들은 생각보다 눈치가 빨라 누가 나를 좋아하고 싫어하는지를 느낍니다.

안타까운 것은 어디를 가도 한두 명은 나와 맞지 않거나 성숙하지 못해 사람을 미워하고 질투하는 사람들이 있다는 것입니다.

그들도 인지하지 못하고 계속해서 그렇게 살아왔기에 바꾸지 못하는 것일 겁니다.

그런 사람들에 억지로 맞추며 상처를 받거나 기대할 필요는 없습니다.

그냥 나랑 안 맞는 사람이구나, 인연이 아니구나! 정도로

만 생각하면 됩니다.

동생은 나에게 자주 위로해 주고 지혜로운 말을 해줬습니다.

나이는 어리지만 배울 점이 많은 친구입니다.

그동안 동생에게 받은 것은 많은데 정작 필요한 것을 해준 적이 없습니다.

형으로서 형의 역할을 하기보다 동생에게 의지해왔습니다. 이제는 동생이 의지할 수 있는 형이 되어야겠습니다. 혼자가 아니고 형제가 있어 감사함을 느낍니다.

마치며

●

   한 사람의 사연은 그대로 두면 가슴 속에 품고 살게 되지만 글이나 예술로 승화시키면 타인에게 무엇인가 전달할 수 있습니다.

   각자 자신도 모르는 사이에 아픈 만큼 성장하고 있다는 것을 알 수 있습니다.

   아픔을 통해 좌절하고 넘어지기도 하지만 성숙해지는 것을 알 수 있습니다.

   사연을 적으며 용기가 필요했습니다.

   떳떳하기보다 부끄럽고 감추고 싶은 이야기가 많았기에 글로 옮기기까지 많은 고민을 했습니다.

   그러나 글을 통해 누군가 위로를 얻거나 공감을 할 수 있다면 감사한 일이라 생각합니다.

고난을 통해 현재에 안주하고 싶지 않아 처절하게 하루를 버티며 싸워왔습니다.

해마다 계절이 바뀌며 내면이 차차 성장해가고 있습니다.

모든 계절이 지나 지금의 제가 있다는 것을 알게 되었습니다.

우리에게 일어나는 일이 좋든 싫든 언젠가 경험이 되어 도움이 될 것입니다.

각자 사연을 가진 사람들에게 해답을 제시해줄 수는 없지만, 저와 같은 사람도 이겨내어 오늘도 잘 살아가고 있다는 것을 말하고 싶었습니다.

어떤 일이나 사람을 통해 느끼는 감정이 나만 느끼는 것이 아니고 이상한 것이 아니라고 말하고 싶었습니다.

긍정적으로 살아야만 하는 것도 아니며 부정적인 감정이 나쁜 것만이 아닌 자신에게 필요한 감정이라는 것을 전달하고 싶었습니다.

괜찮지 않은 사람에게 '괜찮아, 괜찮을 거야.' 라고 말해주고 싶지 않았고 괜찮지 않으면 괜찮지 않다고 말해도 된다고 전달하고 싶었습니다.

본인이 아프다면 충분한 시간을 가지고 다시 일어날 수 있을 때까지 아파하며 슬퍼하라고 말해주고 싶었습니다.

주변 사람들이 힘들 때 해결책을 제시하기보다 옆에서 그냥 들어주고 기다려주었으면 합니다.

자신이 가장 중요하기에 자신을 아껴주고 일어날 수 있을 때까지 기다려주고 마음을 알아주기를 바랍니다. 남과 비교해서 자신을 깎아내리지 않았으면 합니다.

주어진 환경에서 나의 속도대로 천천히 걸어가셨으면 합니다. 계절이 변함에 따라 슬픔을 느끼기도 하고 기쁨을 느끼기도 할 것입니다.

좋은 일이 생기기도 하고 고난이 찾아오기도 할 것입니다.

힘든 일에 넘어지기도 하고 사는 것이 재미없을 때도 있을 것입니다.

다만 자신을 포기하지 않고 힘들다면 멈추고 힘이 나면 걷다가 뛰기도 하고 넘어지면 다시 일어날 때까지 시간을 가지고 나아갔으면 합니다.

속도가 어떻든 나아가는 것, 지금보다 나아지는 것에 의미가 있습니다.

모든 계절이 당신을 만들어 줄 것입니다.

모든 계절이 저를 만들어준 것처럼요.

계절 속에 일어난 그 어떤 일도 헛된 것은 없습니다.

당신을 성숙하고 성장하게 만드는 시간이 될 것입니다.

마지막으로 글을 읽어주신 한 분 한 분께 감사드리며 솔직하게 쓰기까지 용기가 필요했지만, 누군가 글을 통해 위로를 받으셨으면 합니다.

계절 속에 담긴 당신의 사연도 언젠가 흔적으로 남기는 날이 오기를 바라며 이야기를 마칩니다.